Klaas Huizing

Der letzte Dandy

ROMAN

Albrecht Knaus

1. Auflage
Copyright © 2003 Albrecht Knaus Verlag, München,
in der Verlagsgruppe Random House GmbH
Umschlaggestaltung: Design Team München
Gesetzt aus: 10.6/15.6 pt. Baskerville BQ
Satz: Filmsatz Schröter, München
Druck und Bindung: GGP Media, Pößneck
Printed in Germany
ISBN 3-8135-0208-2
www.knaus-verlag.de

Für Gottfried Adam und Walter Dietz

Ich bin genau so wie das Lüneburger Schwein. Mein Denken ist eine Leidenschaft. Ich kann vortrefflich für andre Trüffeln aufwühlen, selbst habe ich an ihnen keine Freude. Ich nehme die Probleme auf meine Nase; aber ich vermag mit ihnen nicht mehr zu tun, als sie nach rückwärts über meinen Kopf zu werfen.

SÖREN AABYE KIERKEGAARD

Inhalt

Der Club der falschen Propheten

«Mein lieber Sören, lassen Sie uns bei diesem weichen Wetter einen Spaziergang an den Strand unternehmen. Er erinnert mich aufs Angenehmste an die Sommerfrische auf der Kurischen Nehrung. Wir hatten in Nidden, ich weiß nicht, ob Sie es von hier oben verfolgt haben, ein sehr kommodes Ferienhaus. Vielleicht verflüchtet sich bei unserem kleinen Wandel auch mein leichtes Sodbrennen, denn ich habe gestern sehr unbedacht meinen Nachmittag damit vertan, allerlei Beeren und Trauben zu essen. Meine leichte Luftröhrenaffektion meldet sich zudem zurück. Und heute Abend erwartet mich der Heidenlärm eines Mozart-Konzertes. Der Maestro persönlich spielt auf seinem albern-mattweißen Flügel. Dieses genialisch-neckische Spiel! Wie er seine Leidenschaften ausstellt! Erschreckend!

Darf ich Ihnen eine Zigarre anbieten? Irdische Importware aus Bremen, *Maria Mancini*, meine kleine Favoritin, natürlich handgedreht, mausgraues Deckblatt, mit einem kräftigen blauen Leibring. Die Zigarre entfaltet eine gepflegte Blume, würzig, aber sehr fügsam auf der Zunge, nur gelegentlich gegen Ende etwas launisch. Ein kleiner Tipp, streifen Sie sie allenfalls zweimal ab, sie liebt es, wenn man sie wenig ascht. Bitte sehr.

Unsere Promenaden, die wir manches liebe Mal unternommen haben, sind mir sehr teuer geworden. Ich fühle mich hinterher aufgeräumt und von großem Tatendrang erfüllt. Sie, mein lieber Sören, sind so ganz anders als die himmlische, leider milde-überalterte Durchschnittsware, in deren Begleitung ich mich häufig durch den Tag quäle und gähne: Diese jugendlich-weiche Glätte Ihrer Wangen, Ihre melancholisch-verschatteten und doch Ironie signalisierenden Augen, das lebendige Muskelspiel Ihres gepflegt-verwöhnten Mundes, die gleichmäßig-maßvolle Nase, diese kühne und so kraftvolle Haartolle, die Ihre empfindlichen Schläfen betont und einen Blick freigibt auf Stellen, wo man die zartrosa Kopfhaut glaubt durchschimmern zu sehen und wo das Geistige so aufregend pocht! Dazu Ihre gewählte Toilette: die spiegelnden Lackstiefel, die raffiniert-einfache Frackhose, die perlmutter-glänzenden Pailletten Ihres Hemdes, durch Ihren gemessen-federnden Schritt zum Tanzen verführt und choreographiert vom üppigen Gestenspiel Ihrer schmalen Hände – Sie spüren, wie Sie mich begeistern und eine irdisch-bezaubernde Sehnsucht in mir wecken! Sie sind nicht nur ein Aristokrat des Geistes, sondern auch der ungekrönte König der Mode. Sie sollten mehr Menschen mit Ihrer febrilen Geistesgegenwart beglücken! Sie leben so unnatürlich zurückgezogen! Man kann Ihnen kaum habhaft werden, dabei sind sie eine stolze Zierde für unseren Club! Weil ich nicht so eifersüchtig bin, Sie ganz für mich allein besitzen zu wollen, möchte ich Ihnen den Vorschlag unterbreiten, sich in den Vorstand wählen zu lassen, um den demnächst turnusmäßig frei werdenden Posten des Kassenwartes zu bekleiden.»

«Ach, verehrter Herr Thomas! Sie sind in Ihrer Aufmerksamkeit nahezu unerschöpflich, überaus zuvorkommend, machen mir immer alles so angenehm wie möglich, verwöhnen mich mit köstlichem Räucherwerk, überhäufen mich mit recht artigen Komplimenten, es ist wohltuend und erheiternd, und ich bin versucht einzustimmen. Sie vernehmen auf meinem Gesicht eine flüchtige Röte, aber mich quält die Vorstellung, über Stunden in einem geschlossenen, schlecht gelüfteten Raum zu debattieren über Gegenstände, die ich am liebsten mit einem *Bäh!* quittieren würde. Das muss sorgfältig bedacht werden. Zudem bin ich uneins mit mir selbst, ob ich zu Recht vom *Junior* Ihrem Club zugeteilt worden bin. *Der Junior* belustigt sich gerne über das, was uns auf Erden oft das Heiligste war. Es entbehrt nicht feiner Ironie, wenn *Der Junior* alle Buchmenschen, die länger gelebt haben, als sie ein wenig hochmütig glaubten vorhersagen zu können, als irdische *Longseller* oder *Backlist* verspottet und dazu verdammt hat, Mitglied im *Club der falschen Propheten* zu werden. Die sattsam bekannten Gerüchte über meine Biographie erwecken zwar den flüchtigen Anschein, als gehörte auch ich in der Tat jener Spezies an, die den Zeitpunkt ihres vorlaut verkündigten eigenen Todes sehr deutlich überlebt hat, aber vielleicht hat *Der Junior* in meinem Lebensbuch nur oberflächlich gelesen …»

«Je, den Düwel ook! Sie machen mich neugierig, mein Freund. Lassen Sie uns diese Dünung hinaufsteigen, wenn es Ihnen nicht zu viel Mühe bereitet. Von diesem mürben Sandgletscher aus haben wir einen herrlichen Ausblick!»

«Gern. Fürs Erste möchte ich bekennen, dass ich zunächst mit einigem Erstaunen meinen Vater überlebte, mein Vater, der, auch nachdem wir uns etwas läppisch überworfen hatten, stets die Reling meiner stürmischen Jugend war – wir hielten auch später Beziehungen miteinander, lebten aber nicht mehr unter einem Dach. Aber noch größer war meine Verwirrung, als ich den vierunddreißigsten Geburtstag feiern musste, obwohl ich stets davon ausgegangen war – und es leider öffentlich kundgetan habe –, dieses Datum nicht zu erleben. Wahrhaftig, ich hätte meine Seele verwetten mögen, so sicher war ich mir, mit spätestens dreiunddreißig wie unser Heiland aus dem Leben abgerufen zu werden. Ja, ja, wir beide, teurer Herr Thomas, sind Überlebenskünstler, weil, das ist bekannt, das von Ihnen verkündete Ende mit immerhin stolzen siebzig Jahren ebenfalls verstrich und vertagt werden musste. Erst jüngst wurde dieses Gerücht wieder in der irdischen Presse lanciert.»

«Mein lieber Sören, ungern unterbreche ich Sie, aber ich darf doch mit einigem Nachdruck erinnern, dass ich mit siebzig sehr ernstlich an der Lunge erkrankte, und beinahe wäre mein Operationshemd mein Totenhemd geworden, wenn nicht professorale Kunst in der neuen Welt ein Wunder vollbracht hätte! Wenn ich recht unterrichtet bin, plagte Sie mit dreiunddreißig nicht einmal ein Katarrh.»

«Pardon, mein Herr! Ich war seit Geburt von zartester Konstitution!»

«Aber natürlich! Aber natürlich! Das ist doch bekannt. Ich wollte Sie nicht kränken. Entschuldigen Sie. Wir verstehen uns! Perfekt! Erledigt! Ein warmer Seewind kommt auf. Wir sollten das Schuhwerk ablegen, um den intimen Kontakt mit den Elementen zu genießen.»

«Der eigentliche Genuss liegt in der Vorstellung, verehrter Herr Thomas, aber ich will gerne mich bequemen und mich von meinen Stiefeln erleichtern. Wenn Sie mich vielleicht etwas abstützen würden?»

«Darin bin ich geübt!»

«Danke ergebenst. Ich möchte, wenn es erlaubt ist, noch einmal auf den soeben reflektierten Gegenstand zurücklenken. Meine erste Todeserwartung war die Folge einer weichen und verdorbenen Psychologie. Meine zweite Prophetie habe ich dann, so darf ich doch mit einigem Stolz bekennen, auf den Tag genau eingehalten.»

«Sie spannen mich richtig auf die Folter, lieber Sören. Ihre Biographie ist eine nie versiegende Quelle süßester Verwirrung. Geben Sie mir die Hand, dann geht der beschwerliche Anstieg etwas leichter. Ich möchte alle Termine verwünschen, um heute in Ihrer Nähe zu bleiben.»

«Ach, auch ich habe meine Händel.»

«Wie aufregend! Gestehen Sie!»

«Unter dem Pseudonym *Victor Emeritus* veröffentliche ich wöchentlich fromme Satiren. Ich lese dem deutschen Volk – Dänemark schien mir auf die Dauer doch etwas zu übersichtlich – die Leviten am Tag des Herrn, übrigens in einer Sprache, die auch die Halbgebildeten unter den Verächtern wohl oder übel verstehen.»

«Reizend. Ganz reizend. Wie fühle ich mich geehrt, dass Sie ausgerechnet mir das Geheimnis preisgeben. Übrigens: Auch Martin glaubte, Sie als Autor erkannt zu haben, obwohl Ihre Sprache in diesen schmalen Texten betont dem Zeitgeist entspricht, aber selbstredend doch geübt satirisch daherkommt.»

«Sie sagten: Martin? Den etwas barocken ...»

«Nein, nein. Ich meinte nicht den Wittenberger, bei Gott, dieses genitale Kraftgenie ist mir verdächtig. Heute kann ich es mir gar nicht mehr erklären, warum ich lebenslang mich mit einem Plan trug, eine Novelle über Luther zu schreiben! Nein, ich sprach darüber mit dem gebürtigen Schwarzwälder Martin Heidegger, nicht urban, aber von gutem Wuchs und mit einem gottgleichen Schalk im Blick. Er ist hier oben bei der Führung sehr beliebt, weil er vor dem irdischen Ende altersstarrsinnig wiederholte: Nur ein Gott kann uns noch retten!»

«Ich will Heidegger weder schmähen noch preisen, aber ich bin auf ihn nicht gut zu sprechen, verehrter Herr Thomas, kennt er sich doch zeilengenau in meinen Werken aus, ohne sich jemals öffentlich zu mir bekannt zu haben.»

«Sie haben ja so Recht, lieber Sören. Öffentliche Bekenntnisse, wenn sie nicht gefallsüchtig und schmeichelnd-katzbuckelnd Gott persönlich betrafen, waren *seine* Sache, wie wir wissen, leider nicht.»

«Das ist gewisslich wahr. Darf ich gestehen – ich getraue mich kaum –, dass ich mir erlaube, nun endlich eine Romanbiographie erscheinen zu lassen, die einige törichte Fehler, die über meinen Lebenslauf kursieren, berichtigt?»

«Sie haben aber doch nicht etwa einen groben Missgriff getan und aus Gewohnheit ein latinisiertes Pseudonym gewählt? Latein ist völlig aus der Mode!»

«Aber nein! Wo denken Sie hin! Ich entschied mich für ein holländisches Pseudonym. Holländer sind beim großen Publikum ganz unverdächtig. Holländer üben sich meistens in der Kunst des Eisschnelllaufs und des Balltretens. Sehr elegant, dieses Volk, sehr elegant!»

«Köstlich, köstlich, mein lieber Sören. Sie sollten noch einen Belgier, einen Franzosen, einen Spanier und einen Engländer in Ihr Buchprojekt einschmuggeln, um die Kultivierung der ehemaligen Kolonialmächte voranzutreiben. Das rechnet sich in jeder Hinsicht. Ich habe übrigens jüngst mein Leben verfilmen lassen. Das mit langem Fleiß produzierte Kunstwerk wurde mit sehr honorigen Einschaltquoten belohnt. Von meinem Double war ich äußerst angetan, ein heiter-tiefsinniges Spiel, allenfalls das Klacken der Teilprothese empfand ich als störend. Lassen Sie uns hier Platz nehmen und von der Düne aus aufs Meer hinausschauen. Manchmal sieht man den Heiligen Geist dort schweben – gleichermaßen faszinierend wie erschreckend. Wenn er bei Laune ist, zeigt er sogar einige seiner aparten Kunststückchen.»

«Hoffentlich keinen Salto mortale. Gerne wäre ich Zeuge seiner Darbietungen. Pardon, ich möchte mir mit einer Socke den leidig störenden Sand zwischen den Zehen entfernen, wenn es erlaubt ist!»

«Mit welcher Grazie Sie es tun! Man traut sich nicht zu fragen, ob man assistieren darf.»

«Aber vielleicht, lieber Thomas, wollen Sie mir beistehen in der aufreibenden Arbeit am Roman, der bald in Druck gehen soll? Also, ich empfände es als außerordentliche Höflichkeit Ihrerseits, wenn ich Sie mit einigen Fragen behelligen dürfte.»

«Es wäre mir ein Fest. Es wäre mir ein Fest. Ich liebe bekanntlich Geschichten, die mit historischem Edelrost überzogen sind. Und erfahre ich dann endlich, warum Sie glauben, unrechtmäßiges Mitglied im *Club der falschen Propheten* zu sein?»

«Es ist so!»

Wanderungen in der Gehirnkammer
und rosige Finger

«Er verstand es durchaus, verehrter Thomas, die Zeit aus-
zufüllen, zumal wenn ein Gast erschien, mein Vater, der sich
früh von allen Geschäften aus der Strumpf- und Kolonial-
warenbranche zurückgezogen hatte. Dann kam eine frische
Lebendigkeit in seine Züge, dann kehrte der Witz zurück, die
Zunge erinnerte sich der Bildung, hören Sie …»

… die Zunge erinnerte sich der Bildung, man sah ihm an, wie
er die Gedanken formte, erwog und abschmeckte, bedächtig,
ohne Hetze; erst dann wurden sie mit Liebe aufgetragen,
so wie ein Koch seine Gerichte zubereitet und zunächst sein
eigener strenger Richter ist, der auf einen anderen Richter
trifft, den Gast, dessen Mienenspiel ein erstes Urteil fällt,
manchmal Begeisterung, manchmal Reserve, selten Ableh-
nung signalisiert, und Sören verhielt sich still in einer Ecke
des Zimmers, vergaß sein Spielzeug, sah sich satt an den
Trüffeln, die sein Vater aus der Gehirnkammer hervorholte
und seinem Gast vorsetzte.
  Diese Gehirnkammer schien nie leer zu werden, spendete
auch überreichen Trost, wenn sein Vater ihm untersagte aus-
zugehen, entschieden Tändeleien und Ablenkungen unter-
band. Dann nahm er ihn, um die Stimmung zu retten, an die
Hand und ging mit ihm auf der Diele spazieren, fragte
freundlich, wohin es gehen sollte. Bettelte Sören: zum Lustschloss, dann sagte Michael Pedersen Kierkegaard: Es werde

ein Lustschloss!, und es ward ein Lustschloss vor Augen gemalt, bevor sie die Diele halb durchschritten hatten. Sören erkannte das gusseiserne Tor mit dem fein ziselierten Wappen. Sie gingen über den knirschenden Kies. Sören stellte sich auf die Zehenspitzen und riskierte einen verstohlenen Blick auf den festlich gedeckten Tisch, zählte die Kronleuchter, entdeckte einen Sprung in einem Weinglas, rügte kopfschüttelnd die schlampige Dienerschaft, fragte nach der Bedeutung des abgetrennten Kopfes auf dem mächtigen Wandgemälde. Sie umkreisten mehrmals das geheimnisvolle Schloss mit den vielen Fenstern und Türen. Sören grub mit den Händen einen vermutlich von einem Hund ausgebuddelten Rosenstock wieder ein und grüßte am Tor freundlich einen Mann, den sie für den Gärtner hielten. Auf dem Rückweg wäre der vor Aufregung tänzelnde Sören beinahe unter eine Kutsche geraten; das Rattern der Räder war so laut, dass er den warnenden Ruf seines Vaters überhörte und nur knapp einem Unglück entging. Um den Schrecken zu lindern, durfte er bei der Kuchenfrau, die in der Nähe des Hafens ihren Stand betrieb, kandierte Früchte kaufen, die ihm so gut schmeckten, dass er beim Mittagessen keinen Hunger verspürte. Nach einer halben Stunde war Sören von den phantastischen Abenteuern, die er erlebt hatte, ohne einen Schritt vor die Tür gemacht zu haben, so erschöpft, dass er sich für den Rest des Tages erholen musste. «Nächstens gehen wir zum Strandweg», sagte Sören, wie um seinen Vater zu trösten.

Oft aber saß sein Vater zusammengekauert am Fenster und starrte stundenlang nach draußen. Sören erkannte zwar die an den Schläfen ergrauten Haare, die, sorgfältig gekämmt, die Geheimratsecken verdeckten, die großen, mächtig hervortretenden Augen, die dem Gesicht ein leichtes Staunen auferlegten, den dünnlippigen Mund, der Sören auf den Spaziergängen verzaubern konnte, aber alle Energie war aus dem Gesicht gewichen; die Augen wirkten müde, die Wangen waren eingefallen, die Blässe und Schlaffheit des Gesichts zog alle Kraft aus dem Raum. Nur gelegentlich rollte sein Vater mit dem Kopf, als könne er sich nicht entschließen, auf seine eigenen forschenden Fragen mit einem Ja oder einem Nein zu antworten.

Sein Vater hatte sich zurückgezogen, ging in seinem Innern durch die Räume, erprobte die Fundamente und die Substanz, klopfte, horchte, bohrte, lüftete das Dachgeschoss, prüfte Herz und Nieren, tastete die Milz ab, das kleine, von Alkohol nahezu unbeschwerte Pankreas, stieg ab in die Kanalisation, kletterte wieder zurück, warf einen verstohlenen Blick in sein Lustschlösschen, machte kehrt, kam noch einmal zurück, trat über die Schwelle, schlenderte durch den Spiegelsaal, hielt sein Antlitz bedeckt. Angst schwoll an, er hastete durch die Räume, sperrte ab, sprang über den Graben, Wasser spritzte auf, er spielte mit dem Schlüssel, schüttelte den Kopf, wollte ihn in den Burggraben schleudern, holte weit aus, aber seine Faust verkrampfte, hielt den Schlüssel fest umschlossen, gab ihn nicht frei, ein Krampf, der ein Beben auslöste, wie Sören feststellte, weil der Kopf seines Vaters jetzt leicht zitterte und die Zähne knirschten. Sprach Sören ihn dann leise an, dann bewegte sein Vater wie unter großer Anstrengung den Kopf, seufzte und nickte.

Der Vater.

Sören hing an seiner Mimik, studierte den Kanon der kleinen und kleinsten Regungen: Wie er bei einem Gespräch vornehm nickte; wie er den Kopf zweifelnd wiegte (mit geringen Neigungsgraden, die nur Sören messen konnte); wie er die linke Augenbraue leicht anhob, um Erstaunen zu signalisieren (heimlich übte Sören, bis er den Muskel entdeckte, der die Augenbraue, ausschließlich die linke Augenbraue, in Bewegung setzte); wie plötzlich eine Falte, die Missfallen bedeutete, zwischen den Augenbrauen auftauchte (als Sören einmal ein Salzfass umwarf, erschien diese energische Furche wie ein Ausrufezeichen auf der Stirn, dann fiel der dunkle Satz: Du bist ein verlorener Sohn); wie – endlich – das Grübchen auf der Wange Wohlwollen bedeutete – ja, Sören kannte die Sehnen und Muskeln in diesem Gesicht, ihre Anzahl und Lage, er war ein Meisteranatom. Obwohl er noch nie einen Fuß in eine Schule gesetzt hatte, las er in diesem Gesicht wie in einem offenen Buch. Er rannte bereits zur großen Truhe, wenn seines Vaters Gesicht verriet, er finde jetzt die Muße, mit ihm in einer Fibel zu blättern, die sie an einer Krambude erstanden hatten, diese Fibel, die er, obwohl abgegriffen und abgestoßen, über alles liebte: die Fibel der Helden.

Sören saß auf dem Schoß seines Vaters und betrachtete sein Lieblingsbild. Auf einem starken Schimmel, dessen Muskeln bereits angespannt waren, um loszustürmen, thronte ein Mann; das Gesicht war reine Entschlossenheit, konzentrierter Wille, die Augen hatten das Ziel fest im Blick, der Arm, diese energische Verlängerung des Willens, deutete für die Umstehenden die Richtung an und war gleichermaßen Befehl: vorwärts, dorthin, und man glaubte die jubelnde Masse der Soldaten zu hören, die Kaiser Napoleon die Treue schworen. Und dann erzählte der Vater Anekdoten über diesen großen Franzosen. Er sagte immer: der große Franzose, und Sören fragte, was Arm, was Pferd, was Nase auf Französisch heiße – und konnte sich nicht satt sehen an der Kraft dieses Gesichts.

Noch bevor der Vater umblätterte, wusste Sören, welcher Held jetzt seinen Auftritt feierte: in grüner Jägertracht, in der Rechten die Armbrust, der Blick eine Mischung aus Tatkraft und Sorge, Fiebern und Zittern, entschlossen, den Schuss auf den Apfel zu wagen, und bekümmert um die Unversehrtheit des eigenen Sohnes, an dem er Wohlgefallen hatte. Wilhelm Tell, der große Schweizer, sagte sein Vater, und erzählte vom bösen Landvogt, vom Freiheitskampf Tells, und Sören spazierte an der Hand seines Vaters über die Alpen, stand in der zugigen hohlen Gasse und hätte vor Aufregung beinahe Tell verraten.

Auf der nächsten Seite tauchte dann plötzlich dieses ganz andere Bildnis auf, das nicht in die Reihe dieser Helden passte, eine kleine, von seinem Vater begangene Mogelei. Es zeigte einen misshandelten Mann, dessen Hände und Füße auf einem Kreuzbalken festgenagelt waren, das dornengekrönte Haupt erschöpft und von Schmerzen entstellt. Der Vater nannte das Kreuz ein Schandholz, weil rohe Verbrecher die Todesstrafe auf dieser kleinen Anhöhe, Schädelstätte genannt, den Menschen zur Warnung öffentlich erleiden mussten. Sören deutete auf die Buchstaben oberhalb des Kreuzes, und sein Vater buchstabierte INRI, Iesus Nazarenus Rex Iudaorum, Jesus aus Nazareth, König der Juden. Sören wiederholte die Wörter, neigte dabei etwas den Kopf und lernte so die ersten lateinischen Begriffe. In seinen Augen las der Vater ein: Warum?, und erklärte ihm, dies sei ein Spottvers gewesen, weil die Menschen nicht begreifen wollten, dass der Heiland der Welt nicht als Held erscheine, sondern in Knechtsgestalt. Und wieder fragten die Augen: Worin bestand dann aber sein Verbrechen?

«Er war der an Liebe reichste Mensch der Welt, aber die Welt konnte diese Liebe nicht ertragen», antwortete sein Vater, schlug das Buch zu, streichelte ihm über den Kopf, nahm ihn von seinem Schoß, stand auf und verließ das Zimmer.

Und Sören bewegte alle diese Worte in seinem Herzen.

Der Panzer der Schwermut zersprang manchmal, wenn man abends bei Tische saß; dann wurde seinem Vater leichter ums Herz, die Nerven entspannten sich, sein hell lodernder Geist züngelte nach allen Seiten, nur Schlacke blieb zurück. Seine Frau trug dann Schüsseln auf. Rohes und Gekochtes. Seine Frau. Er durfte sie nicht anschauen, wollte er seine geistigen Auftriebskräfte nicht erneut mit Blei beschweren. Wenn er sie sah, dann hörte er das Geräusch, mit dem die Schnüre des Mieders rissen, auf dem Rücken Druckstellen wie Peitschenstriemen und dunkelrote Flecken wie Ventile einer Posaune. Sie schwieg meist, glühte allenfalls, wenn sich ihre Söhne und Töchter lebhaft am Gespräch beteiligten, vor Stolz, vielleicht vor Bewunderung, so wie man einen Kronschatz bewundert und sich nicht vorstellen kann, woher der Reichtum rührt. Ihr Mann streifte sie höchstens mit einem Blick, nickte stumm als Dank für die Gerichte, musterte gelassen seine Kinder und verteilte gelegentlich Kopfnoten: Peter

Christian bekam in Verhalten und Fleiß ein: vorzüglich, Ordnung: genügend; Sören Michael war etwas ungestüm und unbedacht, also im Verhalten eine milde Rüge; Nicoline Christine, Ordnung, Fleiß und Betragen: höchstes Lob; Maren Kirstine, Niels Andreas und Petrea Severine ernteten jeweils eine lobende Erwähnung; Sören Aabye, sein Jüngster, erhielt in Betragen: vorlaut.

Jetzt wieder: Wie die Augen nicht satt wurden, wie Sören mit der Gabel den Teller voll schaufelte, wie der Vater sagen musste: «Sören Aabye, nun ist es genug. Der Teller quillt über. Lege die Gabel zur Seite!»

Sören stutzte kurz. Er schaute seinen Vater an, die Augen funkelten: «Ich kann die Gabel nicht beiseite legen, denn ich bin eine Gabel, und ich werde Euch und die ganze Welt stechen.»

Nicoline Christine applaudierte als Erste, lachte lauthals: «Sören ist eine Gabel, eine Gabel. Er wird uns alle aufspießen.»

Sören schwenkte die Gabel wie einen Degen. Dann lachten alle, auch sein Vater. Fleiß: vortrefflich. Ordnung: vortrefflich. Betragen: vorlaut. Man scherzte den ganzen Abend. «Gabel darf mit den anderen im Hof noch Kreisel treiben», erlaubte sein Vater.

Als die Kinder lärmend mit den Kreiseln und den Peitschen nach draußen stürmten, verdüsterte sich der Blick von Michael Pedersen Kierkegaard erneut, denn er musste an die Striemen auf dem Rücken seiner Frau denken, an die Druckstellen auf dem herrlich weichen Fleisch, diese verschwenderische Masse, die, vom Panzer befreit, überzuquellen schien, ein verbotenes Geschenk, das immer größer wurde, das ihn

zu begraben drohte bei lebendigem Leib, wenn er nicht mit
der Gabel hineinstach und sich an diesem Manna satt aß.

Aber auch das Volk Gottes hatte sich einst am Manna ver-
ekelt. Und er hatte das Manna geraubt.

Das Gesicht war geschwollen. Erst hatte der dänische Regen
die Farbe verschluckt, dann sein Vater den Regen. Dessen
Körper glich einer Zisterne, die Augen wie Dachtraufen, die
die Fluten kanalisierten und immer wieder überliefen, eine
Windböe schien sich in den Haaren verfangen zu haben; der
Sturm nahm ihm den Atem, ein Schnappen nach Luft, ein
wundes Krächzen, braune Schatten umlagerten die Augen,
in schmerzhafter Anstrengung hielt er die Hände gefaltet,
wollte die Macht behalten über seinen Körper, wollte ihn
zensieren, wollte die Kontrolle nicht abgeben, vertraute sich
dem Trost alter weiser Sätze an, aber die Linderung schien
aus den Wörtern ausgewaschen. Er sammelte noch einmal
alle Kraft, kratzte die letzte Reserve zusammen; seine Lippen
formten sich zu einem Kuss, als wolle er die Posaune des
Jüngsten Gerichts blasen, aber die Lippen, blau vor Anstrengung, fingen an zu beben. Sören glaubte das Wasser in der
Zisterne schwappen zu hören, denn sein Vater hob die Arme,
legte sie übereinander, deutete ein Schaukeln an, als wolle er
das Kind wiegen, das Gewicht seiner Schuld, dieses Kind, sein
Sohn Sören Michael, das im Nebenraum lag, einem Unfall
zum Opfer gefallen, mit einem dunklen Anzug bekleidet, geputzt zur Hochzeit, blass vor Aufregung, aber die Spielmän-
ner, die die Braut begleiteten, dengelten mit ihren Sensen.

Und er, Michael Pedersen Kierkegaard, der angesehene
Kopenhagener Kaufmann, weit gereist in jungen Jahren, jetzt

Privatier, Besitzer von sechs imposanten Gebäuden, belesen und gebildet, ein Genie des Gesprächs, hielt sich die Ohren zu und schrie innerlich: Hätte ich doch die Sense gegen mich gerichtet, damals, nach dem Tode meiner Frau; warum bin ausgerechnet ich den plumpen Reizen meiner Magd erlegen, habe sie, als sie mit den Augen winkte, mit tierischer Lust hart angefasst, an ihrem warmen Hintern mich gerieben und die Trauer meiner Frau geschändet. Rissig ist mein Geist, er tröpfelt nach, ich wollte, ich hätte Stacheldraht gespannt, um mich und andere zu schützen; ein schlechter Hirte bin ich, ich bin mein eigener Wolf, verflucht ist meine Brut, ich zeuge, um zu begraben, das Sterben meiner Kinder ist der Sünde Sold. Ich, ich, ich vererbe die Sünde ins nächste Glied und muss mich selbst dafür hassen. Der da vor mir hockt, das ist mein Sohn, mein Spiegelbild, und in diesem Spiegel kann ich mich erkennen. Er ist geschlagen mit der gleichen Schwermut, so zart und jung, noch ahnt er nur, was ich ihm eingepflanzt. Auch er wird mich nicht überleben. Ich werde alle meine Kinder zu Grabe tragen müssen. Spätestens im Todesjahr des Herrn, der für unsere Sünden starb, wird auch er von mir gehen; ein Lebenswechsel auf höchstens dreiunddreißig Jahre kann ich zeichnen; ich bin ein schlechter Haushalter, ein verruchter Bankrotteur, um mich herum regiert der Tod und ich, ich bringe ihm jährlich neue Nahrung. Auf ewig verflucht sei der Tag meiner Geburt!

Sören hockte versunken in stiller Verzweiflung, deshalb merkte er nicht, dass jemand zu ihm getreten war und mit beiden Händen seine Wangen streichelte. Ein Mann wie eine Säule – stark, gerade, unbeugsam, ein ebenmäßiges, fein poliertes Haupt, das diesen Körper krönte, Gesten von ausgesuchter Harmonie. Die Realität des Lebens, Tod und Schmerz und die Dunkelheit in den Leidenschaften hatten in dieser edlen und erhabenen Gestalt keinen Platz. Sören deutete eine Verbeugung an und blickte zu seinem Vater auf, der sich streckte und unmerklich schüttelte. Sein Vater strich die Haare glatt, stolperte unsicher ein paar Schritte, als müsse er bei geändertem Körpervolumen das Gehen neu erlernen, fing sich, brachte die Kleider in Ordnung, achtete auf seine Atmung, legte die Hände auf den Rücken und folgte Pastor Mynster, der gemessenen Schrittes ins Nebenzimmer ging, wie sein betrunkener oder von Schwindelanfällen heimgesuchter Schatten.

In diesem Augenblick fiel ein schräges Sonnenlicht in die gute Stube.

Wenn sein Vater Sören in späteren Jahren zur Schule schickte, fuhr er ihm nicht zärtlich und ein wenig stolz durchs Haar, sondern hob allenfalls die linke Hand – «Meine Rechte ist heute Nacht verdorrt», murmelte er –, eine halbherzige Geste, die von fern an den Segensgruß erinnerte. Er überwachte nie Sörens Aufgaben, kontrollierte nicht die Beugung der lateinischen Verben, erkundigte sich weder nach Lehrern noch Schülern, stellte aber an jenem Morgen, als Sören zum ersten Mal in die Lateinschule aufbrach, fest: Am Ende des Monats bist du die Nummer drei in der Klasse. Und Sören nahm die Tasche mit den neuen Büchern, sog die Energie dieses Satzes in sich auf und rannte hinaus in den Regen, vorbei am Rathaus, vorbei am Bankhaus, erreichte die Schule mit dem Glockenläuten. Seit Jahren erreichte er stets mit dem Glockenläuten die Schule.

Der Klassenraum war eng. Äste der Kastanie zwängten sich ins Zimmer, wenn man die Fenster öffnete. Es roch nach nassen Wollsachen. Befeuerte der Schuldiener den Ofen, begann der Holzfußboden zu knacken, als würden die Holzwürmer aus dem Winterschlaf aufgeschreckt. Auf dem Pult lag sein Lateinbuch, die Seiten gewellt, als habe Sören die weite Kühnheit des Meeres ins Schulhaus gerettet, um leichter übersetzen zu können nach Rom oder Athen. Fuhr er mit dem Finger die Wellen nach, dann nahm seine Phantasie den schaukelnden Rhythmus auf und begab sich auf große Fahrt, bis Professor Jörgensen vor ihm stand: Er sah den leicht abgewetzten Gehrock; sah die gestärkten Manschetten; identifizierte die schwieligen Finger, die grauen Koteletten, das gutmütige Lächeln unter der mächtigen Nase, die Augenbrauen wie Baldachine, die die tranigen Augen verschatteten. Kein Zweifel möglich. Es war in der Tat Professor Jörgensen, Lehrer für Latein.

«Ist Er wieder vorausgereist an den Tiber? Und versteht Er auch, was Er hört? Nun denn: Sprechen!»

Der Tonfall verriet gute Laune, deshalb stand Sören ohne Angst auf. Das Abhören von Vokabeln erinnerte ihn an die Tage im Bett, wenn der Arzt mit dem Holzzylinder seine Bronchien und Lungen abhorchte und zufrieden nickte.

«Dicere, dico, dixi, dictum.»

«Gehen!»

«Cedere, cedo, cessi, cessum.»

«Laufen!»

«Currere, curro, cucuri, cursum.»

Um Sören herum breitete sich eine Welle der Hoffnung aus, er möge immer weiter abgehört werden.

«Setzen, stellen, legen!»

«Ponere, pono, posui, positum.»

«Führen!»

«Ducere, duco, duxi, ductum.»

«Werfen!»

«Iacere, iacio, ieci, iactum/iectum.»

Die Vokabeln sprangen erleichtert aus dem Mund.

«Brav. Sehr brav. Nun zur lateinischen Additionslehre», sagte Professor Jörgensen und suckelte an seinem Kautabak. «Wir wollen jetzt die Verben mit der Präposition ex verbinden, und euch wird ein Licht aufgehen. Auf einen Schlag werdet ihr erneut in die Welt der Fremdwörter und damit in die Welt eurer Väter eindringen. Auf, Kierkegaard, welches Wort entdeckt Er, wenn Er ein ex zu dicere, dictum hinzufügt?»

Es war sehr still im Klassenzimmer. «Edikt», antwortete Sören leise.

«Exzeptionell», lobte Professor Jörgensen. «Und kennt Er die Stelle?»

«Es ging ein Edikt vom Kaiser Augustus aus, dass alle Welt sollte geschätzt werden ...»

«Ausgezeichnet. Cedere, cessum addiert mit ex?»

«Exzess?»

«Ganz erstaunlich. Und wollen wir aus dem Ruder laufen? Das wollen wir nicht. Currere, cursum mit dem Präfix ex?»

«Exkursion!» Sörens Stimme gewann an Sicherheit.

«Jawoll, wir werden nächstens, wenn Helios uns gewogen ist, einen kleinen Ausflug zum Sund unternehmen.»

Niemand grölte, weil niemand auffallen wollte.

«Ponere, positum plus ex.»

«Exposition.»

«Trefflich. Und kennt Er auch ein deutsches Schauspiel Goethens, das eine wackere Exposition bietet?»

«Goethens *Egmont*.»

«Exorbitant. Und glaubt Er eines Tages, auch Stücke wie diese zu schreiben?»

Kierkegaard senkte vorsichtig den Kopf, halb als Geste der Scham, halb als Zustimmung zu deuten.

«Nun denn, sage Er mir noch: Ducere, ductum schließlich vermählt mit dem ex?»

«Edukation.»

«Cum laude, Kierkegaard. Ja, ja. Ich will euch bilden und herausführen aus der Dunkelheit der Kinderjahre. Setzen!»

«Sie haben noch iacere vergessen, Herr Professor», meldete sich Christian, ein Bäckersohn, dem nicht ganz aufgegangen war, wann es zu schweigen galt.

Professor Jörgensen, seit dreiundzwanzig Jahren an dieser Lehranstalt beschäftigt, bekam einen hochroten Kopf, stützte sich am Pult ab, atmete schwer. Sören meinte ihm zur Hilfe kommen zu müssen, sagte: «Exacution oder Ejacution?»

«Ejakulation», verbesserte Jörgensen automatisch; dann verlor er kurz die Fassung, strich die Exkursion, nannte Christian ein verludertes Exemplar, schrieb einen dicken Tadel ins Klassenbuch, nuschelte einige unverständliche lateinische Sätze und rettete sich türenschlagend in die Pause.

«Ejakulation», raunte es.

Alle scharrten sich um Christian, der das Wort auch nicht kannte und dem die Tränen über die dicken Wangen liefen.

Ejakulation.

«Ich darf doch bitten!»

Sie fuhren herum. Im Klassenzimmer stand nicht, wie befürchtet, Rektor Nielsen, sondern der Lehrer für Deutsch, Professor Matthiessen, von den Schülern nur «schwarzer Zahn» gerufen, weil, wenn Professor Matthiessen lächelte oder schrie, ein schwarzer Zahn unten links um die Aufmerksamkeit buhlte und dabei die verwitterten anderen, nicht mehr ganz vollzähligen Zähne ausstach. Auch wenn man versuchte, ihm konzentriert in die Augen zu schauen, rutschte der Blick unweigerlich über die Nase ab und landete beim schwarzen Zahn.

Erst kümmerte sich niemand weiter um Professor Matthiessen, dann schlenderten alle nach der dreifachen Androhung eines Tadels zu ihren Plätzen zurück.

«Er möge uns verschonen mit seinen Novellen und Gedichtchen, wir sind erschöpft vom Lateinischen», sagte Frithjof und packte, wie sie es gestern verabredet hatten, seine Stullen und eine Flasche Bier aus. Die anderen taten es ihm nach.

«Vielleicht können Sie uns etwas über die Idee der Idylle bei Schiller erzählen», schlug Sören vor.

Alle stampften mit den Füßen. «Ich darf doch sehr bitten. Ich darf doch sehr bitten», wiederholte Professor Matthiessen und spitzte den Mund.

Frithjof rülpste. «Oder vielleicht wissen der Herr Professor etwas über die Bedeutung von iacere plus ex zu berichten. Vielleicht bei Goethe!»

«Er ist nicht nur ein Döskopp, sondern ein ganz ungezogener Bengel, Lund! Ich werde unverzüglich dem Rektor Meldung machen!», tobte Matthiessen und deutete eine Bewegung Richtung Tür an.

Als Erster kollabierte Nils. «Wir werden unser kleines Symposion verschieben!»

Hans schlug vor: «Wir räumen geschwind auf und machen unsere Lektüren.»

Poul bot an: «Wir lernen die Glocke auswendig!»

«Unsinn», rief Sören, «rufen Sie nur den Rektor, wir sagen ihm dann, dass wir es immer so in Ihrer Stunde halten.»

Professor Matthiessen starrte Sören an, und Sören starrte auf den Zahn. Dann setzte sich Professor Matthiessen wieder. Die Jungen fingen an zu tuscheln, vergaßen ihren Deutschlehrer, vergaßen ihr eigenes Symposion, weil sie das eine Wort nicht aus dem Kopf bekamen.

Regen wie Glassplitter. Das Alphabet der Geräusche auf dem Schulhof. Das kräftige Lachen von Lars, zunächst langsam heranrollend, dann wie Donner hervorbrechend, gefolgt von Lachtränen, die die schwüle Angst wegspülten; das Plappern von Saaybe, ein Möchtegern-Souverän, der auch jetzt unerträglich schwatzte, ohne die leiseste Ahnung zu haben, was wo herausgeschleudert wurde. Nils, der große Schweiger, stand in linkischer Haltung etwas abseits, berauschte sich an dem Wort: «Ejakulation», hauchte er magisch, wie um einen Zauber zu bannen, «Ejakulation». Frithjof, der seine körperliche Macht in den Pausen ausnutzte, um andere zu erniedrigen, der nicht müde wurde, über Sörens Muskelkraft zu spotten, schubste ihn auch jetzt wieder an, presste in einem bestimmten Rhythmus immer wieder hervor: «Rede schon, Sören Socke! Du kennst den Ausdruck doch, oder?»

Unmerklich baute Sörens Freund Emil, mit einem stechenden Blick und deutlich mächtigeren Oberarmen gesegnet als er, eine Verteidigungslinie auf, legte eine Hand um Sörens Schulter, das Gesicht Frithjof zugewandt, der mit den Armen fuchtelte, als wollte er gleich über beide herfallen, zischte, als der erneut Sören schubste, ahnte den Schlag voraus, zog Sören hinunter. Fritz johlte bereits, setzte zum Sprung an, um rechtzeitig mitzumischen, da sagte Poul: «Ich glaube es zu wissen.» Poul, den eigentlich niemand beachtete, seine Wangen und Arme ein blühendes Pickelfeld; einige Pickel bluteten, einige gekrönt mit Eiterköpfen, seine Stimmlage noch immer unentschieden und sein Latein so wacklig wie bei den meisten.

Alle Bewegungen wurden auf einen Schlag eingefroren. Als Erster löste sich Frithjof, warf Poul einen scharfen Blick zu; dann richteten die anderen sich auf, bildeten einen Kreis um Frithjof, der die Aufmerksamkeit genoss und die Zeit schmerzlich ausdehnte. Alle spähten in sein Gesicht, den Mund vor Aufregung halb geöffnet, einige nickten bereits, noch bevor Poul leise sagte: «Geht wie pinkeln.»

Das hatten sie schon oft gemacht, auf dem Nachhauseweg, hatten sich an einen Stadtgraben gestellt, den Verschlag geöffnet und auf ein Kommando hin versucht, mit dem Strahl das andere Ufer zu erreichen. Meistens hatte Frithjof gewonnen, einmal Saaybe. Niemand sagte: Ach so! Alle verstanden sich auf Latein. Der geheime Stolz der Lateiner. *Wie* pinkeln! Nicht: *Ist* pinkeln.

«Zeig!», befahl Frithjof.

Sie drängten Poul in die äußerste Ecke des Schulhofes, die nach feuchtem Laub und Pisse stank. Auf Saaybe fiel das Los, Schmiere zu stehen. Alle starrten auf die kleinste Handbewegung von Poul, als müssten sie sich dieses Bild auf ewig einprägen, als würde ihre Zukunft von diesem Bild abhängen. Poul blickte jedem kurz ins Gesicht, als verlangte er von jedem einen Schwur, dann öffnete er die Hose. Diese Handbewegung kannten alle. Vertrautes Terrain. Dann fing Poul an zu reiben. Das erinnerte an das Ausschütteln nach dem Pinkeln, aber Poul rieb immer schneller, bis es begann, sich aufzustellen, und dann immer schneller wuchs. Dieses Phänomen war nicht ganz neu, einige von ihnen hatten bereits nach verschwitzten Träumen darüber gestaunt. Aber Poul rieb weiter, zog die Vorhaut immer heftiger zurück, sein Atem ging schneller, seine Lippen wurden blass und schmal, er schloss für Augenblicke die Augen, die Eichel schwoll an, wurde blaurot, und dann schleuderte Poul eine ganze Ladung triumphal in die Richtung seiner Freunde. Es spritzte in hohem Bogen heraus. Und ein Tropfen landete auf Sörens kurzer Hose.

Da standen sie nun.

Begeistert? Glücklich? Verstört?

Wissend.

Ejakulation. Iacere, iectum + ex. Das profane Glück der Lateiner.

Zwei klatschten. Niels rieb sich unbewusst die Hose. Frithjof ahnte in diesem Augenblick, dass er nicht mehr den großen Souverän in den Pausen mimen konnte. Eine unmerkliche Revolution. Ein neues Zeitalter hatte begonnen. Sein Stern war im Sinken.

Der König ist tot, es lebe der König, Poul I., König von Dänemark, mit seinen kichernden Höflingen, die es alle gehörig im Schritt juckte.

Als die Glocke ertönte, wurde Poul in die Mitte genommen, und man geleitete ihn nach innen. Nur Frithjof blieb kurz zurück, wischte mit den Schuhen die Spuren auf dem Fußboden weg, dann schloss auch er sich der Klasse an. Mehr tot als lebendig. Niemand beachtete ihn. Er war herausgeschleudert worden aus dem Zentrum der Macht.

Ein Kokon aus Gekicher. Pubertätsschweiß auf den Buchrücken. Die Bilder nahmen vom Körper Besitz. Und juckten. Einige Schüler rutschten auf den Stühlen hin und her. Die Ersten begannen sich zu kratzen. Ein Chorknabenreigen. Das plötzliche Verlausen der dritten Lateinklasse. Diagnose: unheilbar, allenfalls durch Bäder in griechischer Grammatik und strenges Repetieren und Übersetzen zu lindern.

Der Bader hieß Professor Nielsen, seit fünfzehn Jahren Rektor dieser ehrwürdigen Anstalt. Seine Haut umspannte straff die Wangenknochen, schien sogar die Nase platt zu drücken und verzerrte die Augen zu schmalen Schlitzen. Das dünne Haupthaar war streng zurückgekämmt und unterschied sich farblich kaum vom matten Weiß der Hautfarbe. Ein Stubengelehrter durch und durch.

Da war sie wieder, diese gefürchtete, streng choreographierte Handbewegung: der Griff in die Innentasche des stets sauber gebürsteten Gehrocks; das kleine schwarze Notenheft erschien in der Rechten, und der Tanz um das goldene Kalb verstummte mit dem Aufrufen des ersten Namens: «Brøchner! Zweiter Gesang. Erster Vers. Wohlan!»

Rasmus Adler atmete hörbar auf. Nielsen ging heute nicht alphabetisch vor. Er war zunächst gerettet. Aber man konnte nie ganz sicher sein.

«Als nun», begann Brøchner zaghaft.

«Als nun was!» Die Haut des Professors spannte sich stärker.

«Als nun der rosige Eos», schlug Brøchner unsicher vor.

«Bemerkenswerter Vorschlag. Griechisch ist eine wunderbar reiche Sprache, wohl wahr, aber Er vergeudet diesen Reichtum durch liederliche Schlamperei. Nochmals!»

Hans stieß Sören unter dem Tisch an, aber Sören saß steif in seiner Bank, stierte auf den Fleck auf seiner Hose, sah nur noch diesen einen Fleck; sein Rücken verspannte sich, seine Hände verkrampften, ein leichter Schüttelfrost erfasste ihn. Dieser Fleck, der Poul zum Helden hatte werden lassen, dieser Fleck, der seifig glitzerte, der wie eine scharfe Lauge roch, nahm Besitz von ihm. Der Geruch drang in ihn ein und begann ihn zu beherrschen.

«Als nun der rosige Finger von Eos», verbesserte sich Hans.

Saaybe kicherte als Erster, dann Nils, dann die anderen. Professor Nielsen räusperte sich kurz, dann donnerte er los: «Brøchner, bis Mittwoch lernt Er die ersten fünfzig Zeilen auswendig, auf Griechisch, versteht sich. Und zwar ohne zu stocken! Hat Er das verstanden?»

Hans nickte nur, verkroch sich in seine Bank und warf Sören einen giftigen Blick zu, den Sören aber nicht registrierte; denn für ihn gab es nur noch diesen Fleck, der immer stärker zu wachsen schien. Sörens Finger näherten sich diesem Fleck, er legte alle Kraft in diese Bewegung, wollte den Fleck wegwischen, aber seine Hand gehorchte ihm nicht, quittierte den Dienst.

«Boesen!»

«Als nun die Frühe sich zeigte, Eos mit rosigen Fingern», übersetzte Emil schnell, überlas dabei die Pause, um zu verhindern, dass Saaybe wieder in ein heiseres Gelächter ausbrach,

«Hob des Odysseus lieber Sohn sich eilig vom Lager, / Kleidete sich und legte sein scharfes Schwert um die Schulter, / Band um die zarten Füße sich schöne Sandalen, verließ dann rasch seine Kammer; er kam wie ein Gott den Menschen entgegen.»

In diesem Augenblick kam Sören nicht ein Gott, sondern sein eigener Magen entgegen. In Panik schlug er sich die Hand vor den Mund und rannte hinaus, schaffte es bis zum Abort und erbrach sich, würgte noch, als längst auch seine Galle nichts mehr beizusteuern wusste.

«Ihr inneres und äußeres Wachstum! Einfach göttlich, mein lieber Sören! Aber diese dumpfe Schwüle und beklemmende Enge im Elternhaus!»

«O ja. Der Anblick meines schwermütigen Vaters schnürte mir zuweilen die Seele ab. Und es war zudem nicht sehr angenehm, in der Schule Gegenstand von Schabernack und Neckereien zu sein.»

«Sie müssen ganz außerordentlich gelitten haben, mein guter Freund. Dass Ihre Lebenslust und Regsamkeit nicht vollständig zum Erliegen gekommen ist, bleibt ein Wunder! Dürfen wir bei dem aufziehenden Fön noch etwas ausharren, oder ist Ihr Kopf angegriffen von der langen Erzählung? Sollen wir uns etwas Gebäck kommen lassen?»

«Nicht nötig. Es geht, lieber Thomas. Es geht.»

«Es wird momentan auf Erden so viel geklagt über einfältige Pädagogen, aber Ihr Professor Jörgensen hatte doch eine, so will es mir scheinen, sehr angemessene Methode der

Bildungsvermittlung. Vielleicht sollte man darauf zurücklenken? Was meinen Sie?»

«Wenn es erlaubt ist, würde ich Ihnen liebend gerne eine fromme Satire von letzter Woche in Erinnerung rufen! Sie umfasst allenfalls eine Spalte.»

«Aber gerne. En passant gefragt: Besitzen Sie noch diese ominöse Hose?»

Blech und Pisa

Nun stelle man sich vor, was es heißt, europäischer Bildungsverlierer zu sein! Prompt wimmelt es jetzt überall von Betroffenheitsbeamten, dieses zwanghafte Zeremoniell, erklären zu müssen, warum man bei der intellektuellen Olympiade nur Blech eingefahren hat.

Die einen schreien – und geben sich gespreizt jugendlich: Teacher, leave the kids alone! Nachsichtige Gegenfrage: Welche sind gemeint? Die mentalen Schläger oder die Lehrer mit Software, vulgo: die Allesversteher?

Andere fordern ein Comeback der Sekundärtugenden und Kopfnoten! Ein ganz reizender Vorschlag aus der altersschwachen Wertefraktion. Wer, bitteschön, vermittelt Werte, wenn man die Religion kaputtsaniert oder in ein Etepetetefach wie Lebenskunde, Ethik und Religionskunde abschiebt? O Habermas, hilf!

Dritte tönen: Erlebnis! Erlebnis! Nicht auszuhalten! Wir amüsieren uns doch längst zu Tode.

Ich aber sage: Neue – künftig allerdings etwas gepflegter auftretende – Sokratiker braucht das Land. Wo sind die Lehrer, die Erkenntnis und Interesse zusammenbinden, die die Existenz treffen und sich nicht länger feige hinter alten Lehrplänen verschanzen?

Einigen wir uns auf einen jüngst verlegten Bildungskanon, der in Akademien kostenlos gelehrt werden muss! Ich fordere den Kanzler der Republik auf, Ludovico Settembrini

alias Dietrich Schwanitz zum Bildungsminister zu ernen-
nen. Nur dann hat Deutschland eine Chance! Darf ich so
arrogant sein und Latein zitieren: Non scolae sed vitae dis-
cimus. Für die Pisaner: Nicht für die Schule, sondern für
das Leben lernen wir.

Übrigens: Ist es nicht eine köstliche Wiederholung der
Kulturgeschichte, den Bankrott der Bildung an missglück-
ten Bauten festzumachen? Erst Babylon, dann Pisa. Herr-
gott, warum gründen wir Technische Hochschulen, wenn
man dort nicht einmal in der Lage ist, einen verlässlichen
Statiker auszubilden?

Victor Emeritus

Flanieren auf der Promenade
und Salomos Traum

«Sie machen mich ganz verlegen mit Ihrer kleinen Verbeugung vor meinem Aufklärungsfürsten Settembrini aus dem *Zauberberg*, den ich in jenen schwierigen Jahren, da meine Kräfte sehr abgenutzt schienen …»

«Noch sind die Wolken reinlich.»

«O ja. Hoffentlich bedeckt sich das Wetter nicht, dann wäre ein längerer Aufenthalt im Liegestuhl geraten. Ich liebe es durchaus, warm in einen Pelzsack eingemummt, meine Briefschulden zu erledigen, dazu reichlich Kaffee von einem aufmerksamen Kellner in Livree und stolzer Tressenmütze, unter der ein wachsblonder Haarschopf hervorlugt, serviert zu bekommen. Aber jedes Wetter spielt uns seine Reize zu, nicht wahr? Wenigstens haben Sie uns hier oben das Wetter gelassen! Apropos: Sie sagten, lieber Sören, Sie hätten die kurzen Hosen verabscheut, sogar gehasst! Ein großes Wort! Ich habe immer gefunden, kurze Hosen vermitteln etwas Ursprüngliches, Frisches, Unschuldiges. Kurze Hosen an Männern – nun ja! Mein – und ich darf doch sagen: Ihr? – Hang zum Superfeinen ist bekannt. Dazu unsere Neigung zum Aristokratischen. Ja. Ja. Ein bisschen prätentiös. Durchaus. Heute jagt oft ein Fauxpas den nächsten: Die gelockerte Krawatte mit einem geöffneten Hemdkragenknopf; zweifarbige Schuhe auf Vorstandssitzungen; Button-down-Krägen zu offiziellen Anlässen; schwarze Anzüge mit aufgesetzten Taschen; Hosen ohne Umschlag zum Sportsakko – schrecklich! Stillos!

Aber es gibt Situationen, in denen kurze Hosen einen heiter-amikablen Eindruck hinterlassen, am Strandurlauber etwa oder am Besucher einer Sportveranstaltung. Ich ziehe weiterhin den leichten Leinenanzug mit einem kecken Strohhut und pudrig-weißen Schuhen vor. In diesen Fragen fehlt es mir entschieden an Mut, aber Sie, liebster Sören – ich bewundere Ihre Tollkühnheit in diesen Fragen! –, könnten dem Stil doch neue Glanzlichter aufsetzen? Sie sind so geschmackssicher! Ich fühle mich bereits als Revolutionär, wenn ich die Kronenfaltung meines Einstecktuches durch eine amerikanische Faltung oder eine Bauschfaltung ersetze!»

«Momentan gebe ich, lieber Thomas, der Dreiecksfaltung den Vorzug.»

«Sie müssen mir den Namen Ihres Herrenausstatters einfach verraten, Sie müssen! Gestehen Sie, es ist doch nicht etwa dieser jüngst bei uns hier oben erschienene Gianni Versace? Manchmal erweckt es den Eindruck, als würde die jeweilige Todesursache zu einer Klärung des Charakters führen. Bei diesem Gianni scheint es außer Frage zu stehen, so durchgeknallt – sagt man heute nicht so? –, wie er jetzt überall auftritt und Mode entwirft. Unnachahmlich! Also?»

«Die Adresse des eigenen Herrenausstatters ist etwas sehr Persönliches und Intimes, verehrter Herr Thomas. Ich will durchaus nicht mit der Mode gehen. Mich quält die Vorstellung, bei einem Spaziergang allenthalben auf uniformierte Trottel zu treffen, die alle bei dem gleichen Schneider arbeiten lassen. Meine Konzilianz hat Grenzen, wenn es um Einerleiheit geht. Schon einmal habe ich übrigens stilbildend gewirkt, aber eher durch Zufall, nach der sehr unerquicklichen Karikierung meiner Person in der Satirezeitschrift *Cor-*

sar. Wenn überhaupt, dann möchte ich ein eigenes – wie sagt man heute anglophil? – *Label* gründen. Vielleicht verspüren Sie, sollte es zum Äußersten kommen und ich wie mein irdischer Vater in die irdische Woll- und Modebranche zurückkehren, Lust, einen Vorstandsposten zu übernehmen? Mit persönlichem Sekretär natürlich!»

«Reizend, ganz reizend, lieber Sören. Spannen Sie mich nicht zu lange auf die Folter! Aber verraten Sie mir doch, woher Sie die enorme Kraft geerbt haben, die engen Modekonventionen zu sprengen!»

«Ach, mein lieber Thomas, die Antwort ist ein banales Trauma aus Kindertagen. Hinter vorgehaltener Hand, aber leider nicht nur hinter vorgehaltener Hand, Kinder können, wenn ihnen Kultur noch abgeht, schrecklich gemein sein; sie sind niemals neutral oder indifferent, sondern immer ein wenig verletzend. Also, meine Schulkameraden riefen mich *Chorknabe*, weil mein Anzug verdächtig der Uniform der Armenschüler glich: Meine Jacke hatte, nur der Gedanke daran lässt mich würgen …»

«Quälen Sie sich nicht mit diesen Vorstellungen, Sie wirken heute so überreizt – obwohl mich die Geschichte natürlich interessieren würde …»

«Meine Jacke hatte keine Schöße und war aus grobem, erdbraunem Stoff gearbeitet. Dazu trug ich kratzende Wollstrümpfe und dünnes Schuhwerk, sogar im Winter immer nur Schuhe, keine Stiefel! Und das Wetter in Dänemark konnte damals sehr, sehr gemein sein!»

«Mein Ärmster!»

«Es war für mich wie eine Erlösung, als ich, der Schule entronnen, die Universität erobernd, zum ersten Mal etwas

44

schneidern ließ. Ich darf gestehen, dass mein Schneider im Lauf der Jahre zu einem mir sehr vertrauten Menschen wurde. Er hatte im Gesicht etwas Somnambules ...»

Der Schneider hatte im Gesicht etwas Somnambules, wirkte, wenn er Kunden beim ersten Gespräch ansah, seltsam entrückt; dann traten seine großen Augen mächtig hervor, als würde die Seele von innen gegen die Butzenscheiben drücken. Jetzt hatte der Schneidermeister Christensen Tagträume: Er sah seine Klienten auf einer himmlischen Promenade flanieren, in feinstes Tuch gewandet, mit edelsten Beinkleidern und Röcken ausstaffiert, dazu frisch gestärkte Batistjabots, Spitzenmanschetten, Halsschleifen aus Gumtwill oder Crêpe de Chine, zwirngefärbte Strümpfe mit garantiert keine Druckstellen hinterlassenden Haltern, tadellos gearbeitete Zylinder mit mattglänzendem französischem Seidenripsband. Oft rief ihn nur das nachdrückliche Räuspern eines Kunden in die Gegenwart zurück; kurz nur rang das Gesicht mit der Ernüchterung, dann kämpfte dieser Seelsorger der äußeren Hülle tapfer, um den Graben zwischen Idee und Erscheinung nicht zu groß werden zu lassen, überredete die Klienten, mal devot, mal milde arrogant, am liebsten besorgt, zu kleinen Extravaganzen, verbot sich durch das Spitzwerden des Mundes den Wunsch nach Einfachheit, reformierte und kultivierte die fromme und spießige lutherische Semantik, nannte es «gediegen», wenn die Kunden ein «unauffälliges» Kleidungsstück wünschten, taufte «zurückhaltend» um in «feierlich»; «einfach» hieß jetzt «echt», und «schlicht» wurde in Kopenhagen neuerdings durch «natürlich» ersetzt.

Aber dieser hier, der Sohn des ehemaligen Strumpfwarenhändlers Kierkegaard, ließ in Christensen eine Fieberhitze aufsteigen; dieser hier wollte die Fesseln der Erscheinung sprengen, wollte außerordentlich auftreten; das spürte er, so, wie der junge Mann dort stand, sich leicht trotzig vor dem Spiegel bewegte, die Stoffe betastete, rieb, knetete, sogar an ihnen roch, eine Überlegenheit demonstrierte, die einem knapp Achtzehnjährigen eigentlich nicht zustand; der ihn verblüffte, als er die vorgeschlagenen Perlmuttknöpfe an den ausgestellten Hosenbeinen akzeptierte, im Gegenzug aber auf Handschuhen bestand, die man gewöhnlich – aber was hieß hier: gewöhnlich! – nur in der Oper anzog. «Ich liebe das Paradox», sagte Kierkegaard, ein Paradoxon in der Tat, das Christensen zunächst verwirrte, das er dann aber nahezu enthusiastisch begrüßte – und vor Aufregung bei der Probe einige falsche Stiche machte. Man muss sich diesen Schneider, nachdem diese fleischgewordene Idee seinen Auftritt hatte, als sich in Minuten der Chorknabe in einen ätherischen Jüngling verklärte, den Laden verließ und feierlich auf den Strög hinausschritt, als einen glücklichen Menschen vorstellen. Kierkegaard ließ künftig übrigens die Rechnungen wie selbstverständlich auflaufen. Aber wer Christensen in die Augen blickte, wusste, dass er notfalls auf eine Vollstreckung verzichtet hätte. Wer will schon eine Idee mit der Polizei verfolgen!

Dieser Schritt aus dem Schneideratelier war für Sören Aabye mehr als ein Schritt über eine hölzerne Schwelle. In diesem Augenblick war er nicht mehr Chorknabe, aber auch kein Mann der Menge, eher ein mit Priesterwürde ausgestatteter Dandy. Wie hatte er sich vor dieser Häutung gefürchtet und vor dem ersten Schritt nach draußen! Um weniges nur, dann wären auch ihm bei der ersten Anprobe die Wörter «echt» oder «natürlich» über die Lippen gekommen, aber seine Phantasie, die der Vater ihm eingepflanzt hatte, siegte. Er realisierte einfach die Spaziergänge in der Gehirnkammer auf dem Trottoir. Er, geboren sine nobilitate, war jetzt der Fürst der edlen, wohlgeborenen Herren, die er während der Ausflüge an der Hand seines Vater auf der Diele kennen gelernt hatte.

Erst jetzt spürte er diese kleine Unebenheit im Pflaster vor dem Manufakturgeschäft, wo ein Laufbursche nach den Schilderungen seines Vaters lang hingeschlagen war und sich blutige Knie geholt hatte – lag es an dem neuen Schuhwerk, das auch die kleinste Kante und Delle meldete? Erst jetzt entdeckte er vor einem Geschäft das emaillierte Firmenschild seines Schulkameraden Brødersen, Holz und Kohle – lag es an der Muße, die er auskostete, weil kein Lehrer und keine Schulglocke ihn ängstigte? Und dieser Durchgang, der einen Blick auf einen Innenhof freigab, wo ein Stallknecht sein Pferd striegelte und die Sonne Wohnung genommen hat, als wäre es bereits Hochsommer! Warum entdeckte er ihn in seiner herzerwärmenden Einfachheit erst jetzt? Lag es daran, dass er zum ersten Mal die Anmut erahnte, die in diesem Striegeln des Pferdeknechts beschlossen lag? Von Gegenüber ertönte das Werben des Krabbenhändlers, seine Stimme wie vom Tabak konserviert, sein Schattenbild auf dem rauen Putz des Bürgerhauses an Bußprediger erinnernd – aber an die wollte er jetzt nicht erinnert werden!

Wer ihn sah, hätte ihn für einen Verdächtigen halten können, der Orte für künftige Raubzüge auskundschaftete. Als Sören nach einigen Gängen immer häufiger argwöhnische

Blicke registrierte, sprach er die Menschen an, wechselte mit ihnen einige freundliche Sätze, zeigte sich interessiert an allem, gab Auskunft, fragte allenfalls nach, wenn er eine Kleinigkeit nicht verstanden hatte.

Jeden Tag gegen vier traf man Sören Aabye Kierkegaard – manchmal mit Freunden – auf dem Kopenhagener Boulevard an, dem Strög. Bald war er stadtbekannt. Was Sokrates für Athen, war Kierkegaard für Kopenhagen. Allerdings veredelt.

Pilger? Nein. Ein Flaneur! Ein Dandy! Der Dandy von Kopenhagen!

Sören stand am Schreibpult, tintenfleckige Finger, sein Gehirn schwitzte noch das Fieber der letzten Nacht aus. Zunächst überfiel ihn bei der Lektüre stets ein heftiger Schüttelfrost, der die Buchstaben durcheinander wirbelte, dann setzte die Hitze ein, die Buchstaben kehrten, müde geworden, an ihren Platz zurück, wurden eingebrannt, so wie man Tiere mit einem Brenneisen kennzeichnete; hochmütiger Besitzerstolz, abgegolten durch den Opfergeruch von versengter Haut – jetzt war die Schrift in seinen Besitz übergewechselt: Er kannte die Sehnen des Textes, die Knochen unter dem Fell, die Filets, die besten Nackenstücke, aber er kannte auch die Blessuren, die Risse im Fell, die Knötchen im Fleisch, die ungenießbaren Verknorpelungen. Er ließ eine Hand vorsichtig über den ledernen Buchrücken gleiten, der den köstlichen Inhalt schützte, den *Leitfaden zu Vorlesungen über die spekulative Logik,* verfasst von Johan Ludvig Heiberg, letzte Woche nach monatelanger Verzögerung endlich erschienen. Beinahe täglich war Sören beim Verleger vorstellig geworden, weil er nicht wie eine törichte Jungfrau die Ankunft des Bräutigams verpassen wollte. Denn Heiberg war der Bräutigam, der den Dänen als Mitgift die deutsche idealistische Philosophie schenkte, in seinem Salon ein ewiges Hochzeitsfest zu Ehren Hegels veranstaltete und als Bühnendichter diese ultimative philosophische Mode hübsch dramatisierte.

Später würde Sören in den Salon der Heibergs aufbrechen, zunächst musste er in die Universität eilen zur Manuduktion, zur Handführung. Das Wort erinnerte Sören an die Spaziergänge an der Hand seines Vaters auf der Diele. Sören malte sich aus, was es heißen würde, an der Hand eines geübten Kandidaten der Theologie im dritten Studienjahr über die Prachtboulevards des Denkens zu schlendern. Aber der Kandidat der Theologie, Hans Lassen Martensen, war nicht sein Vater! Er wirkte auf ihn wie der jüngere Bruder von Pastor Mynster, selbstsicher, entschieden, versöhnt mit Gott, der Welt und vor allem mit sich selbst. Seine Koteletten fassten sein Gesicht ein wie die Scheren eines Krebses. Zu knacken war er nicht. Dazu fehlte Sören (bisher) noch das nötige Besteck. Martensens Panzer lautete *Versöhnung*. Er verwendete stets das deutsche Wort und zog dabei den Umlaut unnötig in die Länge, eine Erbschaft des Plattdeutschen, die er, gebürtig aus Schleswig, nicht ablegen konnte.

«Wir haben uns in der letzten Stunde darüber verständigt: Glauben und Wissen, Theologie und Philosophie müssen endlich versöööhnt werden, um alle Gegensätze im Dasein aufzuheben!»

Erneut würde Sören neben Martensen hocken und sich an der Entschiedenheit stören, mit der dieser Satz formuliert und Sören durch das prälatenhafte «wir» eingemeindet wurde. Was könnte er ihm entgegenhalten? Er ahnte, dass hier die Frage lauerte, die ihn lebenslang beschäftigen würde. Ließen sich im Dasein alle Gegensätze aufheben? Und konnte die Philosophie die Führerin sein, wie Hegel verlangte? Bot die Philosophie definitive Lösungen? «Bleibt nicht ein schmaler Rest, der sich dem wissenden Verstehen sperrt? Vermag die Philosophie …»

«Trefflich!», unterbrach ihn Martensen. «Genau darin besteht die Hybris von Hegel und seinen Epigonen wie Heiberg. Man darf nicht ungestraft die Theologie zur Magd oder Hure der Philosophie degradieren. Die Dialektik von Herrschaft und Knechtschaft ist eine andere. In meiner Dissertation werde ich aufräumen mit diesem unzüchtigen Verhältnis. Die Philosophie steht nicht über der Theologie, sondern sie muss die Offenbarung als ihr Prinzip anerkennen. Im Gewissen wird dem Menschen bewusst, dass er von Gott gewusst wird. Um von Gott zu wissen, ist der Glaube die Voraussetzung. Die Rede von einer Autonomie der Vernunft ist ein Hirngespinst. Nur so gibt es eine Versöööööhnung von Glauben und Wissen!»

Sören fühlte sich auch mit dieser Versöhnung durchaus nicht einverstanden. Was war mit seines Vaters Schwermut? Und was war mit seinem Ekel, der ihn damals würgen ließ? Half hier irgendeine Offenbarung?

Wieder fuhr Sören mit einer Hand über den Buchrücken. Jetzt schien er unter dem Leder nur wunde Stellen zu fühlen. Er hob das Buch auf und trug es zu einem Tisch, der in einer dunklen Ecke des Zimmers stand. «Nein!», sagte er mit kräftiger Stimme. «Ich bin noch am Anfang! Ich kann einen

Angriff noch nicht wagen.» Er riss das Fenster auf und atmete tief ein. Er war noch unentschieden. Und weil er unentschieden war, ging er heute nicht in die Universität.

Allenfalls später zu den Heibergs. Die waren keine Prälaten. Und ihr Hegelianismus war wenigstens dramatisch.

Geh, Sören, beweg dich! Sei ein animierter Zuhörer. Sei witzig, sei aufgeräumt!

Auf dem Weg zwei dösende Hunde vor einem Hauseingang, die im Halbdunkel wie vergessene Getreidesäcke aussahen. Das Haus der Heibergs im Norden. Immer dem Kompass nach. Der Diener mit weißen Handschuhen, die wie Verbände wirkten. Hatte es geregnet, oder schwitzte er? Die Treppe in den ersten Stock. Wie selbstverständlich übersprang er die knarzende vierte Stufe. Das helle Lachen, das ein Echo in seinen Stimmbändern auslöste. Es war das helle Lachen der Johanne Louise Heiberg, Schauspielerin am Königlichen Theater, aber sie war heute absichtsvoll frisiert wie die verschrobene Tante Judith aus Scribe's *Erste Liebe*, trug ein schlichtes ockerfarbenes Kleid, hochgeschlossen, kleine Puffärmel, eine schmale Bordüre am Saum, ein nahezu ärmlich wirkender Gürtel, Spangenschuhe aus billigem Leder! Welch ein Kontrast zur Anmut des Gesichts mit den zarten Bogen der Brauen, zu den ausdrucksstarken Augen, die jedes Sentiment zu inszenieren wussten, der etwas stolzen Nase, zum Mund, der bedrückend schweigen, dann plötzlich jubilieren und witzig sein konnte; dazu die vornehm helle Haut, vom milden Weiß einer frisch geschälten Birne!

«Mein lieber Sören, wie schön, Sie bei uns zu sehen!» Jetzt war sie wieder Johanne Louise.

Sören verbeugte sich tief. Eine Spur zu tief vielleicht, aber die Verbeugung schloss auch die Anerkennung für das Buch ihres Mannes ein, der hinzugetreten war: Johan Ludvig Heiberg. Dieses Gesicht verriet nichts vom scharfzüngigen Kritiker, vom manchmal derben Possenschreiber, vom dramatischen Genie. Sein Gesicht wirkte meistens wohlwollend, wie das Gemälde eines gütigen Vaters, ein wenig entrückt, alles gesehen und erlebt, lächelnd über die Aufgeregtheiten und die Albernheiten der Welt. Es ist doch alles so menschlich!

«Meine Verehrung, Herr Heiberg. Ich habe mit größter Anstrengung und ebensolchem Vergnügen Ihr Buch gelesen.» Sören hustete kurz.

«Das entzückt meine Seele und gibt meinem Stolz Nahrung. Aber mir will scheinen, dass Sie mit meinen kleinen Spekulationen nicht immer glücklich sind.» Da war es wieder, dieses milde, gütige und etwas gönnerhafte Lächeln.

«Ich stehe noch am Anfang meiner Studien», wich Sören aus.

«Unser Benjamin stellt allzu sehr sein Licht unter einen Scheffel. Niemand in ganz Kopenhagen, meine liebe Johanne Louise, hat einen vergleichbar messerscharfen Verstand wie Herr Kierkegaard», sagte Heiberg und legte seiner Frau eine Hand auf den Unterarm.

«Nur die Größten und künftig Größten haben Zutritt zu meinem Salon.» Diese glückliche Melange aus Schmeichelei und Arroganz.

«Gestehen Sie, junger Freund: Für Sie ist jede Verbindung von Philosophie und Theologie an sich eine Mesalliance, gleichgültig, wer die Führung hat, ob es die Philosophie ist, wie der göttliche Hegel will, oder die Theologie, wie der junge Martensen in den Seminaren verkündet.» Plötzlich dieser Angriff.

Sören blickte kurz flehentlich in die Augen von Johanne Louise, fing sich und antwortete: «Wie kann die Ehe von Philosophie und Theologie eine Mesalliance sein, verehrter Herr Direktor, wo diese Verbindung im Weiblichen doch so trefflich gelungen ist. Bereits Eva lauschte der philosophischen Vorlesung der Schlange im Paradies und ließ die Erkenntnisse sofort praktisch werden. Und als Adam aufbegehrte, hielt sie ihm eine gepfefferte Gardinenpredigt. Pfäffin und Philosophin in einer Person. Eine erste Gestalt der Zwei-Naturen-Lehre!»

«Galant, galant!» Heibergs Augen leisteten Abbitte.

«Du solltest Herrn Kierkegaard bitten, Dialoge für dich zu schreiben, Johan. Jede Frau würde das Theater stürmen», drohte Frau Heiberg gespielt. «Kommen Sie, mein lieber Sören, begleiten Sie mich zu den anderen Gästen. Ich darf ihn dir doch kurz entführen, liebster Johan? Es war bisher so fad. Herr Kierkegaard, wir sind richtig hungrig nach Ihrem Esprit.»

Frau Heiberg bot Sören ihren Arm. Halb Johanne, halb Judith. Zwei Naturen. Eine Person. Vermischt. Ununterschieden.

Sei gelassen, Sören! Schreite gemessen! Es ist dein Auftritt. Dein Applaus.

An Frau Heibergs Arm glitt er wie auf Kufen ins Nebenzimmer. Er entdeckte Sibbern, Möller, Andersen – diese drei. Die Reihenfolge dieser Namen war nicht zufällig. Frederik Christian Sibbern, Philosoph und Dichter, war ihm der liebste, vielleicht, weil er ihm äußerlich am wenigsten glich. Sibberns Gesicht wirkte verschlossen, gestaucht, als sei der Kopf beim Töpfern vom Tisch gestürzt; die Kinnpartie eroberte mehr Raum als die Nase, die Augen waren tief verschattet in Gräben eingelassen und mussten deshalb von einer Brille wiederholt werden; der Halskragen, dessen Flügel bis zu den Ohren reichten, erinnerte an eine orthopädische Stütze. Nickte Sibbern, dann hielt Kierkegaard den Atem an, er musste alle Kraft zusammennehmen, um nicht die Hände auszufahren, weil er Angst hatte, der Kopf würde vom Rumpf fallen. Aus Angst formulierte er oft seine Beiträge so, dass Sibbern nicht nicken musste.

Neben Sibbern stand Poul Martin Möller, kränkelnd, wassersüchtig und genialisch überspannt. An manchen Tagen stieg nur sein Körper vom Parnass hinunter; dann erkannte er kaum jemanden, redete mit seiner baritonalen Stimme in Rätseln, fahrig mit den Händen fuchtelnd.

Und dann saß dort auf einer Chaiselongue Hans Christian Andersen. (Sei gerecht, Sören! Auch Andersen ist ein Ebenbild Gottes! – Aber was für eins!)

Andersen war sehr zart. Das war kein Vorwurf. Auch Sören war zart. Sehr zart sogar. Aber musste man diese Zartheit ausstellen? Schmale, kraftlose Wangen, die als Bart nur einen leichten Flaum zuließen. Ein feminin geschwungener, stark gepolsterter Mund. Augenbrauen wie gezupft. Glatte Haare, die in eine Innenrolle mündeten. Und dann dieser Jammerton! Als würde die Stimme dauernd brechen und müsse geschient werden.

«Schaut, meine Lieben, wen ich euch mitbringe! Der junge Herr Kierkegaard hat soeben eine köstliche kleine Frauenrede gehalten!»

«Hat er die eigene Gattung verraten? Schäme Er sich!» Möller war heute offensichtlich geistesgegenwärtig.

«Unsinn! Kierkegaard versteht es, sich in andere Lebensformen hineinzudichten. Nur so bleiben wir lebendig, wachsen und entdecken die Poesie des Lebens. In ihm steckt viel von Goethen.» Sibbern verbeugte sich.

«Zuweilen wünsche ich es mir zu konvertieren und im Weiblichen zu Hause zu sein. Häufig drückt das Genie auf mich wie der Stein des Sisyphos, und dann träume ich mich in die Märchenwelt meiner Kindertage zurück, als meine Mutter mir Lebensmut zusprach.» Andersen ließ einen Seufzer frei, der nicht ohne Wirkung blieb, weil Sören seinen Arm verwaist spürte und Johanne Louise Heiberg jetzt neben Andersen saß und ihn mütterlich umsorgte.

«Und haben Sie bereits das monumentale Werk des verehrten Hausherrn gelesen?», fragte Sibbern.

Kierkegaard war sich nicht ganz sicher, wo Sibbern philosophisch genau stand. Der wie Heiberg als Musterjünger Hegels geltende Sibbern ließ in den Vorlesungen hin und wieder Kritik laut werden. «Die irdische Schwere wird in Hegels System federleicht! Die Wirklichkeit bekommt bei ihm geflügelte Sandalen. Ich schaue mich bisher vergebens um, ob ich nicht auch welche erhaschen kann.»

Zu seiner Überraschung nickte Sibbern sehr nachdrücklich, und Kierkegaard machte sich Sorgen, ob die Halskrause halten würde. «Mir will scheinen, Hegel unterschätzt das pulsierende Leben. Das Leben lässt sich vielleicht doch nicht in ein System einsperren und domestizieren wie ein Schoßhündchen.»

«Und», fügte Möller lächelnd hinzu, «wir wollen auch

nicht so uneitel sein und hoffen, dass die Wirklichkeit und die Philosophie mit Hegel zu Grabe getragen wurden. Zumindest die Poesie wird ihn überleben. Dafür stehe ich ein.»

«Überhaupt, so will mir scheinen, hat Hegel die Philosophie nicht wirklich existentiell studiert», setzte Sibbern etwas zögerlich, als erschrecke er über seinen Mut, hinzu.

Jetzt, Sören, jetzt! «Was die Philosophen über die Wirklichkeit sagen, ist oft ebenso irreführend, wie wenn man bei einem Trödler auf einem Schilde liest: Hier wird gerollt. Würde man mit seinem Zeug kommen, um es rollen zu lassen, so wäre man genasführt, denn das Schild steht nur zum Verkaufe aus.»

«Vortrefflich, Kierkegaard!», rief Sibbern aus und nickte so heftig, als wolle er seinen Kopf nun endgültig vom Rumpf befreien. «Sie verstehen sich auf die Lebensironie!»

Der Gedankensplitter verfehlte auch nicht die Wirkung auf Frau Heiberg, die sich prompt von der Chaiselongue erhob und an Kierkegaards Arm zurückkehrte. «Lassen Sie uns einen guten Schluck nehmen, damit die Heiterkeit uns nicht verlässt.»

Alle schlossen sich dem Paar an, nur Andersen blieb zurück. «Ich fühle mich zu elend, um mich zu berauschen. Ich spanne noch etwas aus, wenn man erlaubt.»

Man erlaubte es gern.

Kopfheiser kehrte Kierkegaard nach Hause zurück, fragte sich, ob, hätte er an diesem Abend, an dem er die Gesellschaft so trefflich im hohen gesellschaftlichen Ton zu unterhalten verstanden hatte, die Maskerade abgelegt, ob dann nicht, wenigstens für Stunden, aus Bekannten enge Verbündete geworden wären, wahrhaft Suchende und Fragende und nicht dieser diplomatische Chor, in dem er die Kopfstimme gab. Es war ein Fehler gewesen zu sagen, Hegel sei der Zahlmeister der philosophischen Welt und wir seine Schuldner. Aber da war die Furcht aufgekommen, schwindlig zu werden, in Ohnmacht zu fallen, allenfalls den Trost vor Augen, von Madame Heiberg mütterlichen Zuspruch zu erfahren, einmal wenigstens an Andersens statt an ihrer Schulter zu ruhen. Soviel aber war sicher: Er war Hegelianer mit unendlich schlechtem Gewissen.

Sinn und Geschmack fürs Unendliche.
Ein festlicher Einzug. Eine Kutsche hatte den Ehrengast vom Hotel Royale abgeholt. Jetzt standen alle und applaudierten, die Heibergs, Sibbern, Möller, Andersen, Martensen, auch Kierkegaard, als Friedrich Daniel Ernst Schleiermacher den Festsaal des Schießhauses in Begleitung des Grafen von Schwerin-Putzar betrat. Sören war zunächst überrascht, hatte sich ein anderes Bild vom Verfasser der *Reden über die Religion an die Gebildeten unter ihren Verächtern* gemacht. Dieser hier war kleinwüchsig, mit einem viel zu großen Kopf ausgestattet, als sei der Körper nicht mitgewachsen. Schlohweißes, langes Haar gab ihm das Aussehen eines Greises, und im Gesicht hatten die Züge eines gütigen Hausvaters offenbar die Züge eines romantischen Schwärmers überlagert – nur die nervösen Schritte, die Tendenz auszuscheren, verrieten den ehemaligen Neuerer der Theologie.

Alle nahmen Platz. Als fühle sich eine Geige ermuntert, scherte sie mehrfach aus dem Orchester aus. Dann erhob sich Adam Gottlob Oehlenschläger, Professor für Ästhetik, und hielt eine nicht enden wollende Ode:

Der Finsternis Fesseln Zerbrecher,
das war seine frühe Tat,
als Redner und als Denker,
als Lehrer und gelehrter Rat.

Er sei der Platon Berlins, hieß es.

Er sei der nordische Kolumbus, der den Archipelagus mit der Ostsee verbunden habe, hieß es.

Habe Luther den Menschen deutscher Zunge die Bibel geschenkt, so habe Schleiermacher den Menschen Platon zum Geschenk gemacht, hieß es.

Habe Melanchthon die Theologie reformiert, so sei Schleiermacher der Melanchthon seiner Zeit, hieß es.

Ja, Schleiermacher habe den dunklen mythologischen Norden durch die Geisteshelle der Hellenen erleuchtet, hieß es.

Das Loben wollte kein Ende nehmen. Sogar Martensen trug ein *Bekenntnis zu Schleiermacher* vor, obwohl Schleiermacher ein Gegner seiner Versöhnung von Philosophie und Theologie war. Sibbern und Kierkegaard tauschten die Andeutung eines wissenden Lächelns aus.

Endlich erhob sich Schleiermacher. Er verbeugte sich vor der geistigen Höhe Kopenhagens. Er lobte die dänische Kultur. Er lobte übrigens auch die Anmut der dänischen Frauen. Seine Rede war kurz, aber sie blieb lange haften.

Sören registrierte jede Bewegung, jede Geste, jeden Satz. Wie er ihn mit viel Sinn anschaute, fühlte er, wie dieses gelehrte Universum auf ihn wirkte, wie es seine Phantasie beflügelte. Jenen ersten geheimnisvollen Augenblick, ehe noch Anschauung und Gefühl sich trennen, glaubte Sören hier zu erleben. Dieser Schleiermacher war ein Kompendium der ganzen Menschheit, anregend und aufregend zugleich. Aus eigener Kraft waren seine *Reden über die Religion* zu einer Bibel für die neue Theologie geworden. Auch bei Sören. Und bei jedem Satz, den Schleiermacher heute sagte, nickte Sören, nur als Schleiermacher in einem Nebensatz erwähnte, man solle nicht ängstlich besorgt um die eigene Individualität das Leben verfehlen, stutzte Sören und schüttelte unmerklich den Kopf.

Martensen musste ihn mit dem Ellbogen anstoßen, damit Sören sein Glas erhob, um auf Schleiermacher anzustoßen.

In der Stube brannte noch Licht. Sören lauschte. Er hörte vereinzelte Worte, als ob jemand im Schlaf spräche; zusammenhanglos, verschliffene Silben, kaum von einzelnen Schnarchlauten zu unterscheiden, verbale Rülpser, Gekicher, als würde der Traum einen Witz erzählen, einen nicht ganz stubenreinen. Sören war weitergegangen, ein Fuß berührte bereits die erste Stufe, kehrte dann aber um, weil er einen Schluchzer vernahm (und er gestern eindringlich das Gleichnis vom barmherzigen Samariter studiert hatte). Er öffnete vorsichtig die Tür und erspähte seinen Vater, im Sessel sitzend, starr, in sich versunken, schwer atmend, sein Gesicht von einer unnatürlichen Röte, die Sören an seinem Vater noch nie wahrgenommen hatte. Er schlich näher. Mit deutlicher Verspätung reagierten seine Geruchsnerven, da stand er bereits mitten in einer Wolke, die ihn an Magenkrämpfe aus Kindertagen erinnerte. Mit den Augen suchte er nach der Quelle des Geruchs, bis er den Lavastrom auf der Hose seines Vaters entdeckte, und im gleichen Moment musste er die These revidieren, sein Vater sei erkrankt, denn auf dem Fußboden standen zwei leere Flaschen Wein und eine leere Likörkaraffe neben einem zersprungenen Weinglas.

«Mein lieber Sohn», flüsterte sein Vater plötzlich, als wolle er ihn ablenken. «Es ist bereits der vierte Winter meines Missvergnügens, in welchem du wie ein», er unterbrach sich, rief seinen Magen zur Räson, «wie ein Gockel den Strög auf und ab paradierst.»

Sören war vollauf damit beschäftigt zu registrieren, was sein Vater murmelte.

«Gockel. Und dann suchst du – oder muss ich vielleicht Er sagen? – beinahe täglich die Zerstreuung im Theater, in Begleitung liederlicher Weibsbilder, obwohl deine Mutter vor nicht allzu langer Zeit von uns gegangen und ihr Platz noch warm ist.»

Sein Vater machte eine lange Pause. Sören verharrte in der gebückten Haltung, als würde er sich vor seinem Vater verbeugen.

«Missvergnügen», wiederholte sein Vater. «Auch dein älterer Bruder sorgt sich, macht mir Vorwürfe, hält mich für einen Narren, weil ich deinen Lebenswandel, Wandel», sein Vater lachte kurz auf, «Wandel dulde und mit Talern füttere.» Schmerzhaft langsam hob er den Kopf und blickte Sören mit seinen entzündeten Augen an: «Hast du dich niemals gewundert, warum ich dir keine Vorhaltungen machte? Ich schweige, obwohl du den Ruf deines Vaterhauses in den Straßenschmutz ziehst! Und du fragst nicht, warum? Nicht ein einziges Mal!»

Sören rührte sich nicht. Sein Vater richtete sich auf, stützte sich keuchend ab.

60

«Warum? Ich werde dir die Frage beantworten. Ich! Ich hülle mich vor Scham in Schweigen, weil ich ein noch viel größerer Sünder bin und den Zorn Gottes auf mich geladen habe. Ich bin ein Bankert aus dem Geschlecht Davids.» Als hätten ihn diese Sätze alle Kraft gekostet, sank sein Vater zurück und schloss die Augen. Sören harrte aus, bis sich sein Vater noch einmal aufrichtete und flüsterte: «Sören, mein Sohn, mein Sohn.» Seine Stimme brach, er ermannte sich, sagte schroff: «Geh, sage ich, lass mich allein in meinem Elend! Mir kann niemand helfen! Hörst du? Niemand! Aus den Augen!»

Sören ging rückwärts aus dem Zimmer, noch immer in gebeugter Haltung, als würde er sich von einem König zurückziehen. Erst im Flur richtete er sich wieder auf.

Es keimte in ihm, als säße er in einem Gewächshaus. Die Fensterscheiben beschlagen, der erdige Geruch von Torf. Es keimte ein Verdacht. Starke Triebe schlugen plötzlich aus, die Natur explodierte in dieser langen, für Kopenhagen außergewöhnlich warmen Nacht, die kein Ende nehmen wollte.

Er war erregt. Er war ruhelos. Er ging im Zimmer auf und ab. Es dauerte gewöhnlich lange, bis sein Körper reagierte. Windpocken, Masern, Mumps waren mit fünfwöchiger Verspätung ausgebrochen, als niemand mehr damit rechnete, weil seine Geschwister längst wieder fidel draußen spielten. Sein Körper konnte warten, bis die mutterwarme Fürsorge Zeit fand, sich ganz auf ihn zu konzentrieren. Aber jetzt, nach dieser Szene mit seinem Vater, arbeitete sein Körper ohne Verzögerung, schwitzte, pochte, übersäuerte.

Was war mit seinem Vater? Welches Geheimnis drückte ihn nieder? Warum quälte er sich so? War diese besudelte

Gestalt überhaupt sein Vater gewesen? Und wenn ja, musste er sich nicht um ihn kümmern, auch gegen den ausdrücklichen Befehl? Er war offensichtlich von Sinnen, nicht zurechnungsfähig. Ein Zerrbild.

Nein. Nein. Nein. Dieser war nicht mein Vater, dieser besudelte, zerknirschte und verzweifelte Mensch, der sich einen Bankert aus dem Hause Davids schimpfte! Ich liebe meinen Vater über alles, bestaune seine übermenschliche Kraft, mit der er den Tod meiner Mutter und Geschwister verwindet. Niemals durfte man in seiner Gegenwart an dem göttlichen Ratschluss zweifeln. Wer es wagte, den traf ein vernichtender Blick. Er ist schwermütig, ja, aber dann ist er wieder stark wie eine mächtige Eiche, an die man sich anlehnen kann. Er ist klug, großzügig, überlegen, gutmütig, zu gutmütig, um ein Leben lang einen Händler zu spielen. So wie es eine Form von Stolz gibt, die nicht an Hochmut grenzt, so bin ich stolz auf meinen Vater! Und ich *will* stolz auf meinen Vater sein.

Er schloss die Augen. Weg, ihr Nachtgespenster! Ich will nicht wissen, was meine Augen gesehen haben! Dieser hier ist nicht mein Vater. David! David! David! Welches Geheimnis umgab diesen David, den sein Vater verächtlich und mit Abscheu genannt hatte? David, das war doch der Held seiner kindlichen Träume, der, der mit seinem Harfenspiel einen rasenden König besänftigte und mit der Schleuder den Riesen Goliath fällte. Aber diesen Helden meinte sein Vater nicht. Nicht den Jüngling mit der Harfe. Und nicht den Bezwinger Goliaths.

Sören ging im Zimmer immer schneller auf und ab, als wollte er der Lösung davonrennen. Aber die biblischen Geschichten wohnten wie Souffleurstimmen in seinem Innern.

B, flüsterte es in ihm, B. B wie Bernstein. B wie Belial. B wie Bestie. B wie, nein, nein, doch, B wie Bathseba. Die betörende Bathseba. Sören lachte hysterisch auf. Der kluge, besonnene, starke David hatte nicht widerstehen können, hatte schamlos seine Macht ausgenutzt, Bathseba verführt und den Ehemann der Bathseba, Uria, der in seinem Heer diente, in einen aussichtslosen Kampf geschickt, um dessen Frau Bathseba nicht mit ihm teilen zu müssen. Oh! Uria ist tot. Gefallen durch Feindeshand in der Schlacht für König und Vaterland. Ein Held! Ein wahrer großer Held! David schwor öffentlich, sich um die Hinterbliebene zu sorgen. Er war ein starker Tröster und wurde aus Dankbarkeit von der Witwe Bathseba mit einem Sohn beschenkt. Dieser Sohn aber starb als Strafe für den Ehebruch. Erst der zweite Sohn durfte leben: Salomo, zu Deutsch: der Friedemann.

Sören bebte. Die Glasscheiben des Gewächshauses drohten zu bersten. Es war zu einfach. Lächerlich einfach. Hatte sein Vater damals nach dem Tod seiner ersten Frau die Stellung im Hause ausgenutzt, die Magd aufs Lager geworfen, die Kleider zerrissen und ihr Gewalt angetan? War der Tod seiner Mutter und der Tod mehrerer Geschwister die Strafe für die Untat? Sollte auch Sören auf dem Altar dieser Schuld geopfert werden? Und musste er, so wie sein Vater die Geschichte Davids wiederholte, die Geschichte Salomos wiederholen, ein Dichter werden und das Geheimnis um seinen Vater im Herzen verschließen?

Sören bebte so heftig, dass das Glas des Gewächshauses barst. Scherben. Überall Scherben.

Nirgends Glück.

Er ließ sich Zeit. In den folgenden Nächten, als es unaufhörlich regnete, weil Kopenhagen so nahe am Wasser gebaut war, versuchte er sich Klarheit zu verschaffen – konzentrier dich, Sören! –, hoffte, die Philosophie könne ihm helfen, aber er zweifelte immer stärker an seinen Studien in der Schädelstätte der Universität. Was er als Brocken vom Tisch seines Vaters aufgelesen hatte, diese Kunst, das Gewisse zweifelhaft zu machen, so dass plötzlich das Gegenteil einleuchtete, diese Kunst, die er auf der Universität verfeinert hatte, versagte plötzlich. Der Verstand, den er bisher vergötterte, kam ihm heute wie ein schlechter Taschenspieler vor.

Wenn es denn stimmte, wie alle Hegel nachplapperten, dass das Wirkliche das Vernünftige sei, dann stimmte mit dieser Philosophie etwas nicht. Denken und Sein *versööööhnt*, denken Sie darüber nach!, hatte Martensen noch vor wenigen Monaten getönt.

Letzte Woche hatte sich die Wirklichkeit in ihrer sauren Klebrigkeit zurückgemeldet: Sören sah seinen schwankenden und lallenden Vater vor sich. «Dieser Eindruck ist mir schmerzlich bewusst», nuschelte er. «Hegel kennt nicht das Leid aus eigener Anschauung. Er ist unernst. Ein Verstandeskrüppel. Ein schwäbischer Allesversteher! Der König der Taschenspieler. Weiche von mir, Satan! Dir fehlt der wahre, der existentielle Zweifel, der sich von keiner Philosophie dieser Welt wegzaubern lässt.»

Die Wirklichkeit war schrecklich, unversöhnt – und sie roch schlecht! Dieser säuerlicher Geruch nach Erbrochenem, den er immer noch in der Nase spürte, der durch kein Schnauben und Schnäuzen zu vertreiben war. Wie sollte sich Kierkegaard zu dieser sauren Wirklichkeit verhalten? Ihm schien nur die Flucht möglich. Weglaufen, Sören! Der Wirklichkeit davonrennen! Weg! Einfach weg!

Sören stand schwer atmend auf, trat ans Fenster, drückte sein Gesicht gegen die Fensterscheiben und ließ den Regen für sich weinen.

«Mein lieber Sören, ich bin ganz Ihrer Meinung. Hegel, dieser bieder angezogene Reflexionsgangster, hatte keine Vorstellung davon, was Verfall ist. Darf ich gestehen, dass mir die Idee zu meinen *Buddenbrooks* auch durch eine wache Lektüre Ihrer Schriften gekommen ist? Ach Gott, ja, die Wirklichkeit lässt sich nicht totparfümieren. Leider. Leider. Aber wenn Sie doch ein so begnadeter Salonlöwe gewesen sind, dann verstehe ich überhaupt nicht Ihre Vorbehalte unserem Club gegenüber. Wir haben es doch sehr bequem. Wir können, Ihnen zuliebe, auch so genanntes Retrodesign bestellen, die Requisite hat wirklich alles. Machen wir doch auf 19. Jahrhundert! Vielleicht tritt Nietzsche dann aus unserer kleinen Vorstandsrunde aus. Seitdem er von keiner Migräne mehr geplagt wird, ist er ganz unerträglich. Jetzt kommt der Pfarrerssohn wieder zum Vorschein. Ekelhaft. Und dann die gelben Zähne und der ungepflegte Bart. Überall entdeckt man noch Essensreste. Seine wenig gemütvolle Vorliebe für Krautwickel! So viel Wirklichkeit muss wirklich nicht sein! Dieser Knasterbart in seinen Pluderhosen und der abgewetzten Lederjoppe soll uns gestohlen bleiben, oder?»

«Mich überfällt meistens ein leichtes Unbehagen, wenn ich seiner ansichtig werde.»

«Richtig, richtig. Aber was gäbe ich dafür, wenn es im irdischen Getümmel bald wieder gepflegte Universitäten gäbe.

Die Generation, die künftig zu uns kommt, wird kein Niveau mehr besitzen. Mein lieber Sören, man müsste *dringend* intervenieren. Könnten Sie nicht eine Ihrer famosen Satiren in diese bezeichnete Richtung lenken?»

«Erst jüngstens habe ich über die Reförmchen zur Universität ein klein wenig gespottet.»

«Haben Sie den Text noch präsent?»

«Aber bitte. Moment. Wo habe ich nur mein Monokel?»

Der Apostel der DFG

Nichts ist entwürdigender als ein Assistent mit zwei-
undvierzig, der seinem Ordinarius die Schleppe hinterher-
trägt, an zwei Tagen in der Woche im Archiv weggeschlos-
sen wird, um etwa die vierte, jetzt aber endlich (nach vielen
Schlampereien!) kongeniale Neuübersetzung der Werke Sö-
ren Aabye Kierkegaards zu Ehren seines Chefs zu korrigie-
ren, der am Wochenende Anträge-Prosa schreibt, weil der
eigene Sonderforschungsbereich am Tropf der Deutschen
Forschungs-Gemeinschaft (DFG) hängt (übrigens: nirgends
wird mehr gelogen; im Verhältnis zu den DFG-Anträgen
war die Fälschung der Hitler-Tagebücher ein Kavaliers-
delikt), der neben zehn Kilo Vorlesungsklausuren und drei-
ßig Magisterarbeiten noch bitteschön die Redaktion einer
Fachzeitschrift mit einhundertfünfzig Abonnenten besor-
gen soll, nicht zu vergessen den Entwurf einer Promotions-
ordnung, der nächtens dann eine künftige Bibliotheksleiche
klont, beim Bewerbungs-Vorsingen auf eine Professur zum
Thema Die Aktualität der aristotelischen Zoologie vor dem
Hintergrund der Gen-Debatte *nach den neuesten Entwick-*
lungen der Gender-Studien in Litauen ausgehorcht wird,
nebenbei sein Karzinom behandeln lässt und sich von sei-
nem Stiefbruder Geld für die Scheidung leiht!

Assistenten / innen und Oberassistenten / innen aller deut-
schen Bundesländer!

Die Erlösung naht in Gestalt einer semantischen Liai-

son: Es lebe der neue Assistenz- oder Juniorprofessor. Jung statt zäh! Die nächste Generation wird es definitiv besser haben! Bereits mit zarten Achtundzwanzig darf ab jetzt jeder denken und schreiben, was er will. Nobelpreistauglich! Zumindest preistauglich! Da die künftige Festanstellung nicht unwesentlich von der Einwerbung der Drittmittel abhängt, ist der Weg zum Heil vorgebahnt: Werbt Drittmittel ein! Werdet Apostel der DFG, der einzig wahren Kirche für Wissenschaftler!

Ich aber fordere eine Wiedereinführung der Manuduktion, verlange eine mutterwarme Handführung der Studenten durch die besten Köpfe der Seminare.

Diese dürfen sich meinetwegen auch Juniorprofessorinnen nennen.

Victor Emeritus

Kleine Fluchten und eine
Jagd mit dem Speer

«Juniorprofessorin, welch albern-kindliches Wort!»

«Wohlgesetzte Worte findet man in der Presse kaum noch, verehrter Thomas.»

«Übrigens. Manchmal fehlt mir ein Hund. Wissen Sie, ich halte es auch weiterhin für einen unverzeihlichen Fehler, Tieren die Auferstehung zu verweigern, mit Ausnahme der Taube, dabei hasse ich Tauben, sie verkoten alles, auch den Strand, überall Federn, Schnäbel, diese abstoßenden, dabei hässlich manikürten Krallen; weiße, überall nur unerträglich weiße bischöfliche Tauben in ihren fetten Federanzügen, dazu beizender Geruch, man klatscht in die Hände, und sie rühren sich kaum, verspotten uns, spazieren überall herum, man muss sie mit der Hand beiseite schieben, schrecklich, mehr Tauben als in Venedig – und bereits dort haben sie mir den Aufenthalt in Maßen verdorben. Und dann dieses unerträgliche monotone Gurren, die lächerlichen Versuche die Gurrelieder von Schönberg anzustimmen, und keiner darf sie kritisieren. Ich plädiere sehr entschieden dafür, diese Gurrelieder auf den Index zu setzen. Früh aufstehen und beim Fönsturm mit dem Hund am Strand herumtollen, wenn es nicht so abgeschmackt wäre, das würde ich paradiesisch nennen.»

«Hunde, lieber Thomas, leben in mir unzugänglichen Sphären. Mir fehlen sie gar nicht.»

«Bitte, bitte, lassen Sie uns nicht streiten! Perfekt! Erledigt!

Aber ich möchte mich an Ihrer kleinen Erzählung beteiligen: Ich erinnere mich auch sehr lebhaft an meine erste Anprobe zurück. Ich stand in Trikotage beim Schneidermeister, hatte mir, bevor meine Mutter und ich uns aufmachten, eine fil d'écosse-Unterhose übergestreift, aber leider vergessen, meine seidenschwarzen Strümpfe anzuziehen. Ich starrte also auf die verwaschenen Socken, schämte mich ein wenig, die Arme waren vom Körper abgewinkelt, der Schneider kniete vor mir und legte das Maßband um die Taille – ich hatte übrigens nie Probleme mit Fettleibigkeit –, da entdeckte ich, weil mir unwohl war, auf meinem linken Arm die frisch vernarbte kleine Wunde, die ich mir bei einem Fahrradunfall zugezogen hatte; warten Sie, hier, dieses hellrosa Stigma –»

«Sind Sie sicher, dass es nicht vielleicht eine Zecke war, die sich an Ihnen gütlich getan hat?»

«An mir knabberte kein Tierchen, Sören, nein, nein. Also, wo war ich stehen geblieben? Ja, richtig, weil ich ganz passiv verharrte und in Gedanken versunken war, registrierte ich nicht, dass man mir auftrug, ich möge mich anziehen. Ganz im Unterbewusstsein vernahm ich einen Befehl, und weil ich wohl glaubte, ich sei im Sportunterricht, begann ich Kniebeugen zu machen. Meine Mutter hat mich jahrelang damit aufgezogen.»

«Eine reizende kleine Anekdote!»

«Ich habe meinen Vater übrigens niemals in einem Zustand angetroffen, in dem er nicht Herr seiner selbst gewesen wäre. Guter, angeheiterter Laune, das schon, aber mein Vater war wohl nie wirklich verzweifelt; sein Interesse galt in einem sehr hohen Maße den Geschäften, nicht der eigenen Innerlichkeit. Eine verlorene Schiffsladung Getreide oder ein beachtlicher Auftrag, der ihm von der Konkurrenz durch Unregelmäßigkeiten abgeworben wurde, konnten ihn zwar gallig werden lassen, aber spätestens nach einer guten Zigarre war der Ärger, wenn Sie mir das kleine Wortspiel durchgehen lassen, verraucht. Und religiöse Schulden wurden ebenfalls geschäftsmäßig am dafür vorgesehenen Wochentag abgearbeitet. Pragmatisch nennt man das heute wohl. Ich glaube, mich hätte der Anblick eines besudelten Vaters auch lebenslang traumatisiert. Ich kann mich so gut in Sie hineinversetzen! Wie müssen Sie gelitten haben! Außerordentlich!»

«Ja, mein lieber Thomas, ganz außerordentlich.»

«Wer kann es Ihnen verdenken, dass Sie im ersten Augenblick nur an Flucht dachten. Wir alle sind Meister der Verdrängung, Sören! Ohne Ausnahme!»

«Auf den ersten Blick mag mein Verhalten den Anschein erwecken, aber ich habe durchaus nicht den Weg der Verdrängung gewählt, sondern, zunächst vorbewusst, den Weg der Wiederholung.»

«Wie spannend! Übrigens entdecke ich auf Ihrem Handrücken auch eine kleine hellrosa Narbe.»

«Richtig! Es ist mein Kainsmal. Es begann damit, dass ich die Vergnügungen dramatisch beschleunigte …»

Alles begann damit, dass er die Vergnügungen dramatisch beschleunigte. Er lief vor seinem Vater davon und wollte den existentiellen Zweifel mit Späßen besiegen. Er lebte an manchen Tagen hemmungslos, unmittelbar, badete im Amusement, ein Schwimmer, der Angst hatte, den Boden zu berühren, aber mit offenem Munde seine Bahnen zog, als wolle er das ganze Meer austrinken, um, wenn nötig, jeden Brand zu löschen. Letzte Woche, als im Königlichen Theater während einer Aufführung von Heibergs burlesker Komödie *Weihnachtsspäße und Neujahrspossen* ein Theaterbrand simuliert wurde und alle Feuer!, Feuer! schrien, war er als Feuerwehrmann tätig geworden: Löschen! Löschen!, prustete Sören, und prompt erlosch der Brand. Im warmen Schwall des Gelächters heizte sich Sören auf, speicherte alle Gerüche und wurde für Stunden stark und unbesiegbar. Hier!, tönte er, hier!, als auf der Bühne ein weihnachtliches Pfänderspiel inszeniert wurde; dann beteiligte sich das ganze Publikum, Bühne und Zuschauerraum verschmolzen, alle gerieten in ein großes Weihnachtsfieber und feierten den Heiland im Theater. (Einige Kritiker behaupteten, an diesem Tag habe endgültig die Moderne in Kopenhagen Einzug gehalten.) Im fröhlichen, orgiastischen Tumult erhielt Sören seinen als Pfand eingesetzten Spazierstock nicht zurück und musste am nächsten Morgen beim Schneider, der die erlesensten Spazier- und Rohrstöcke der Stadt anbot, vorbeischauen. Aber dort schaute er für gewöhnlich wöchentlich vorbei, um sich nach dem *dernier cri* zu erkundigen.

Sören saß heute, von der letzten Nacht im Debattierclub noch angegriffen, allein in der dritten Loge. Heiberg zum zweiten. Ein Lustspiel. Als das Orchester die Ouvertüre spielte, schloss Kierkegaard die Augen, ließ die Musik aus dem Orchestergraben aufsteigen, wie eine Welle in die Loge schwappen und die Gehirnkammern fluten. Sofort fühlte er sich erfrischt, fuhr sich, als das Wasser zurückfloss, mit den Händen über die Augen, sah aber, abgetaucht hinter der Brüstung, niemanden, hörte nur das Lachen aus dem Parkett, als der erste Schauspieler die Bühne betrat und einen Satz vernehmen ließ. Kierkegaard wähnte sich im Bauch seines eigenen Zimmers mit Blick auf den Strög, wenn draußen eine Parade zu Ehren des Königs jubelnd beklatscht wurde.

Am Ende des ersten Aktes, Kierkegaard hatte laut und ungeniert gelacht, glaubte er Ärger zu riechen; die etwas strengen Ausdünstungen eines Scharfrichters der Kunst, der das frivole Spiel, das Heiberg mit dem klassischen Theater trieb, verabscheute und immer nur letzte Fragen verhandelt wissen wollte. Und richtig, als Kierkegaard sich vorbeugte, entdeckte er im ersten Rang den Kritiker Sløk, seit Tagen erbost über die von Heiberg inszenierte Unordnung; Ästhetik eines Schlendrians – hatte er in der Zeitung gegiftet, Tollheiten, Schnickschnack und Firlefanz, sogar vom Verrat am Theater war die Rede gewesen, vom Untergang der dänischen Kultur; und eine Verrohung der Sitten bis ins dritte und vierte Glied drohte auch. Aber die drohte bei ihm immer.

Die ungnädigen Augen des Kritikers feuerten auch heute Blitze Richtung Bühne, und Kierkegaard glaubte, als ein Mohr die Bühne betrat, Sløk habe wahrhaftig getroffen und einen Schauspieler verkohlt. Bravo!, Großartig!, schrie Kierkegaard beim ersten Vorhang und blickte in das von ästhetischem Schmerz verzerrte Gesicht des Kritikers.

An einem der Ausgänge entdeckte er Peder Ludvig Möller lässig an eine Säule gelehnt, ein entfernter Verwandter von Poul Möller, offensichtlich wie immer zu spät zur Aufführung erschienen. Sören und Möller waren verabredet auf eine anschließende Vergnügung im Salon der Heibergs. Kierkegaard bewunderte den genialischen Charme, den Möller versprühte, diese so unnachahmlich leicht wirkende Kunst der Verführung. Er glaubte in ihm den einzigen Menschen zu kennen, der keine Angst ausdünstete.

Als er die Treppen nach unten eilte, sei endlich mutig, Sören!, beschloss er, heute Abend Möller zum Lehrer in Frauenzimmerfragen zu nehmen und jede Lektion zu lernen, die er ihm aufgab. Geh gerade, Sören! Keine hängenden Schultern! Finde dein Zuhause dort, wohin Möller dich führt!

«Aufgeräumt?»

«Ja.»

«Zu allen Schandtaten bereit?»

«Zu allen.»

«Komme, was da wolle? Auch zu einem kleinen erotischen Intermezzo?»

«Ja.»

Da war er wieder, Möllers Wille, ein riesiger Kornspeicher, der nicht leer wurde.

Wie Möller im Salon der Heibergs vorging, wies ihn als Genie der Verführung aus – ein Stratege, der sich nie vom Ziel abbringen ließ, der Blicke, Komplimente, lange Pausen und Schweigen einsetzte, verwinkelte Züge machte und einer Logik folgte, die nur er kannte.

Sören registrierte, als sie die Räume durchschritten, kurz den Heibergs, die von einem Minister mit Beschlag belegt waren, ihre Aufwartung machten, jede Bewegung Möllers: die fein gestuften Grade der Aufmerksamkeit, mit denen Möller andere Gäste grüßte und signalisierte, dass er verabredet sei: «Auf später, Andersen, auf später!» Diese Hermesbeine, dieser jugendliche Kopf mit dem kurzen Kinnbackenbart, der wirkte, als sei der Henker im Begriff, die Schlinge über den Kopf zu schieben, verurteilt zum Tode durch den Strang wegen Verführung der Kopenhagener Jugend! Diese gepflegte, aber im Unterschied zu Kierkegaard etwas überreizte Garderobe, die ihre einnehmende Wirkung nicht verfehlte. Jetzt, jetzt war die Wahl getroffen auf Fräulein Malantschuk, jüngstes und zu schönsten Hoffnungen berechtigendes Ensemblemitglied am Königlichen Theater.

«Verzeihen Sie mir, Fräulein Malantschuk, meine Aufdringlichkeit, aber ich muss Ihnen sagen, wie sehr mich Ihre Darstellung tief innerlich bewegt hat. Sie sind ein liebreizendes Ausdruckswesen, wie es in Kopenhagen lange nicht gesehen worden ist. Wenn Sie auf der Bühne stehen, dann kann Direktor Heiberg den Rest des Ensembles einsparen, wohl deshalb auch ist der Herr Minister so voll des Lobes für Heiberg.»

«Sie übertreiben.» Ein reservierter Knicks.

«Wie könnte ich! Ich flehe Sie an, wiederholen Sie noch einmal die Geste, mit der Sie auf Ihr Herz verwiesen, als dieser Schurke Übles von Ihnen wollte. Es rührte mich zu Tränen. Diese Unschuld! Diese Reinheit! Diese Scham der frühen Jahre! Kurz: Sie sind das Urbild einer edlen Menschenseele! Ich bin nur ein armer und bescheidener Baumeister der Poesie, aber Sie sind die nie versiegende Quelle und der Baustoff für alle Kathedralen der Dichtkunst, die in Dänemark künftig aufragen werden.»

«Sie verstehen es, Komplimente zu machen, aber ich möchte in diesem Salon nicht unnötig die Aufmerksamkeit auf mich lenken. Man würde mich für selbstverliebt halten.» Sie war im Begriff, sich abzuwenden.

«Eine kleine Locke hatte sich während Ihres Spiels gelöst –
das verstärkte noch die Wirkung Ihres Auftritts. Wenn mein
Freund mich nicht zurückgehalten hätte, dann wäre ich auf
die Bühne gestürmt, um mich Ihnen zu Füßen zu werfen.
Was gäbe ich dafür, nur Ihren Rocksaum zu berühren! Ihre
Kraft würde auf mich übergehen, so wie weiland die blutflüs-
sige Frau es machte, die den Rock unseres Heilands berührte
und auf der Stelle von allen Übeln geheilt wurde. Ich habe
große Lust, mein Versäumnis sofort nachzuholen.»

«Sie verstehen es, eine Frau in Verlegenheit zu bringen.
Gestatten Sie, wenn ich mich zurückziehe, um mich frisch zu
machen?»

«Ich lasse Sie heute nicht gehen, wenn Sie mir nicht ein
Pfand überlassen, das mich die nächsten Stunden besser ertragen lässt. Dieses kleine, mit Ihren Initialen bestickte Taschentuch, vollgesogen von Ihrem Geruch, ich muss es haben, ich will es haben!»

«Warten Sie. Ich bin gleich zurück.» Nur flüchtig deutete
sie die besagte Geste an, die Möller offensichtlich nicht zur
Ruhe kommen ließ.

«Gehen Sie noch nicht. Mich treiben Geschäfte von hier
fort, leider, aber morgen, wenn Sie bei der Probe weilen,
habe ich Muße und eile zu Ihnen, sofern ich die Nacht – ringend mit meinem Verlangen – überstehe.» Möller verbeugte
sich, ergriff ihre Hand und deutete einen Kuss an. «Gehen
wir, Sören, unsere Verabredung kann nicht warten.»

Draußen vor der Haustür roch Möller etwas affektiert an
dem Taschentuch. «Sie gibt wirklich zu den größten Hoffnungen Anlass. Wenn ich diese Bastion erobert habe, wird
bald ganz Kopenhagen diese Freude mit mir teilen. Hast du

gewusst, dass ich auch Andersen beliefere? Stell dir vor! Gut, was?»

Andersen. Dieser Jammerlappen Andersen! «Welche Verabredung haben wir vorgeschoben?»

«Heute Abend kommt das Kunsthandwerk zu seinem Recht. Lass uns zum Viertel hinter dem Vesterport aufbrechen. Ich möchte mich etwas entspannen, und mir will scheinen, dass du, mein Lieber, auch etwas Entspannung vertragen kannst. Dich verrät immer das typische Lachen eines späten Jünglings.»

Sie erreichten trocken ihr Ziel. Heute offenbarte die Regenhaut Kopenhagens Löcher, durch die Möller und Kierkegaard gelenkig hindurchschlüpften. Wie ein Kind, das plötzlich Angst vor einem Arztbesuch hat, musste Möller mit Nachdruck und unerbittlich Sören durch verkotete und schlecht beleuchtete Straßen führen. Eine Meute von Hunden strich herum. Sören, der es hasste zu schwitzen, schien überall am Körper Wasser zu tragen. Sören, der es hasste, wenn Gerüche ihn überwältigten, glaubte von verlockenden Gerüchen bedroht zu werden. Er spürte den mächtigen Arm von Möller, der ihn über die Schwelle eines in Kopenhagen übel beleumundeten Hauses schob. «Sei kein Feigling!» Jetzt stand er in einem schummrig beleuchteten Salon mit rissiger Wandbespannung. Geruch nach verschüttetem Bier. Guten Abend, gute Nacht, mit Röslein bewacht. Dann fiel Sören in eine Art Trance. Als habe man ihn mesmerisiert, ging er umher, registrierte die Gemälde eher dritter Kategorie, Vasen mit leichten Sprüngen, Spiegel mit dumpfen Stellen, billige Leuchten, erstaunlich bequeme Liegen, abgetretene Teppiche. Er war kurz verblüfft über einen mächtigen Rotweinflecken auf dem Kissen einer Chaiselongue, wollte sich beim Trödler beschweren, man durfte nicht alles hinnehmen und durchgehen lassen. Er roch den muffigen Schweiß der Jäger, die das beste Stück für sich haben wollten. Im Hintergrund das kleine Drama des Feilschens – *versprochen, überteuert, Macken und Schäden, erst Geld, dann Ware, kaufe nichts ohne eingehende Prüfung –*, der Geruch nach Schwarzpulver, dann das Klirren der Gläser. Sören erwachte.

«Wenn es erlaubt ist, dann darf ich Ihnen meinen Bruder im Geiste vorstellen – dieser junge Herr an meiner Seite hier –, der endlich in die weiblichen Mysterien eingeweiht werden möchte, damit auch er ein tüchtiger Jäger vor dem Herrn wird. Des Knaben Wunderhorn ist bisher nur solitär zum Einsatz gekommen. Bisher hat er den Frauen den Zutritt zur Schlafkammer verwehrt und sich nur an Büchern vergangen, zeigte dabei viel Kampfeslust, wenn es darum ging, mit anderen schwungvoll über Bücher zu streiten. Auf diesem Gebiet ist er wahrlich bereits ein großer Meister.» Möller verbeugte sich mit einer grotesken Geste und wandte sich an Sören: «Darf ich dir die Göttin der Jagd empfehlen, unsere liebliche Diana? Sie wird dich an dem geheimen Wissen der Frauen teilhaben lassen und sich um dein ganz persönliches Wohlergehen kümmern. Sie ist dazu berufen, kleinen Kobolden zu dienen und Lenden Trost zu spenden. Eine halbe Stunde in ihrer Bekanntschaft zu verbringen, verschafft dir mehr Erfahrung als eine fünfzigjährige eheliche Buhlschaft.» Möller hatte die Haut der Bildung nicht abgestreift, aber neu gegerbt. Er verging sich ganz unverfroren an mythologischen Schätzen. «Glaube mir, sie wird dir zeigen, wie man mit dem Speer jagt, und als krönenden Abschluss öffnet sie ihre Truhe und erlaubt dir, den Speer dort unterzustellen. Übrigens», Möller machte eine Pause und schob arrogant sein Kinn vor, «übrigens bist du mein Gast. Enttäusche also bitte nicht die in dich gesetzten Hoffnungen. Und» – wieder diese affektierte Pose – «für Treibjagden habe ich nicht bezahlt. Nicht alles auf einmal, ja? Also. Lass Kurzweil und Ewigkeit Hochzeit feiern. Auf! Auf!»

Diana zog Sören, dessen Witzigkeit einen Schlagfluss erhalten hatte, mit sich und verschwand mit ihm in einem kleinen, mit verschossenen roten Stofftapeten ausgeschlagenen Raum. Sören war noch damit beschäftigt, in Gedanken alle Bilder der Kunstgeschichte zu durchmustern, ob irgendeine Figur auf bekannten Gemälden der Dame an seinem Arm glich, die sich jetzt ganz geschäftsmäßig an ihm zu schaffen machte, ihn wie sein Schneider von Rock und Hose befreite – «Welch schöner, teurer Stoff!» –, sich vor ihn hinkniete, als wolle sie sorgfältig Maß nehmen, kichernd lobte: «Da ist er aber zu neuem Leben erwacht, der starke Speer, jetzt können wir endlich aufsitzen, hopp hopp!» Sie drängte Sören auf das Kanapee. Sören nahm unbeholfen Platz; sie hob ihr Kleid hoch, dann tastete sich Sören durch das Gebüsch, geführt von Diana, die drückte und schob, bis der Speer eine gute Lage fand und Sören ganz fehlerfrei die lateinischen Stammformen iacere, iacio, ieci, iactum keuchte.

«Was brummelt Er denn da? Kann Er kein Dänisch? Er ist mir aber ein Spaßvogel!» Dann kicherte sie wieder und rutschte nach einer wilden Jagd von seinen Knien.

«Pardon, pardon», stammelte Sören, «ich wollte Sie nicht

verwirren, ich war so in Gedanken, das war, das war ...»,
stand taumelnd auf, kleidete sich nicht sehr sorgfältig an, hastete aus dem Zimmer, hielt sich beide Hände vor die Ohren,
schüttelte nur den Kopf, als Möller ihn lachend mit offenen
Armen empfangen wollte, stürzte nach draußen und rannte
ohne sich umzublicken nach Hause.

Dieses Gekicher! Dieses tierische Gekicher!

Die Regenhaut war wieder geschlossen.

Zuerst das nasse Schnalzen, ein Geräusch, das ihn daran erinnerte, wie er als Kind mit bloßen Füßen durchs Watt lief,
die Suche nach Muscheln, die Angst vor Quallen, das satte
Glück, einen kleinen Krebs zu finden. Aber vielleicht hatte
Sören, um die Bilder der Kindheit aufzurufen, zu sehr die
Augen verdreht, vielleicht hatte sie deshalb dieses entsetzliche Kichern angefangen, das er durch lateinische Vokabeln
versucht hatte einzudämmen. Aber dann hatte sein Unterleib
revoltiert; nein, Sören, unterbrach er sich, zuerst spie dein
Leviathan, erst danach ergossen sich die Vokabeln, oder ge-
schah alles gleichzeitig? Er wusste es nicht mehr mit Sicherheit zu sagen, es war alles so schnell gegangen – Dianas Kleid
aus blauem Brokat hatte gewogt und mächtig gerauscht; er
hatte versucht, unter einer Welle hindurchzutauchen, aber es
war ihm nicht gelungen, er war immer wieder nach oben ge-
stoßen worden, hatte kaum Zeit gefunden, nach Luft zu
schnappen, hatte den Kopf hin und her geworfen und für
Sekunden die Besinnung verloren. Das erste Geräusch, das
er wieder vernommen hatte, war dieses entsetzliche dümm-
liche Gekicher, das auch nicht verebbt war, als er, an den
Strand angespült und nach Luft ringend, Entschuldigungen

stammelte – genau so albern und läppisch wie Dianas Gekicher.

Dieses tierische Gekicher!

Mehr als diese Zeile vertraute Sören seinem Tagebuch nicht an. Er wollte sein Tagebuch, dieses Logbuch seiner Innerlichkeit, nicht mit einer Geschichte, die ihn so tief verstörte, entweihen. Was ihn noch mehr erschrak als die Geräusche, Gerüche und das zwiespältige Gefühl der Nässe war das wohlige Verdämmern der Gegenwart. Er, Sören Kierkegaard, der auf seinen Witz, seinen Verstand und seine Kultiviertheit in jeder Situation vertrauen konnte, war auf das Stadium eines lallenden Kleinkindes und eines blökenden Schafes zurückgefallen. Was nützte die schönste französische Unterwäsche, wenn man wie ein inkontinentes Kleinkind wimmerte! Welche Kraft hatte es ihn gekostet, im entscheidenden Augenblick die Stammformen eines lateinischen Verbs aufzusagen! Möller hatte Geld bezahlt, damit er, Sören Kierkegaard, der eigenen Individualität lustvoll adieu sagen sollte! Dieser Rausch der Unmittelbarkeit, diese Wonnen der Ursprünglichkeit, diese Transzendenz zum Tierischen, war es das, was Möller und die anderen Freunde des Debattierclubs so faszinierte?

Sören ekelte sich vor sich selbst, so wie er sich vor zwei Jahren vor seinem Vater geekelt hatte. Er wollte vor allem nicht sich selbst vergessen. Das Abgründige der Sexualität bestand nicht so sehr, wie der Kirchenvater Augustin gemeint hatte, in der Begierde, im Verlangen zu besitzen, sondern in der Sehnsucht zu vergessen, sich selbst zu vergessen, der eigenen Existenz à Dieu zu sagen. Genussvoll gab man den aufrechten Gang auf, entsockelte sich, balgte sich mit einem anderen Kind, alberte herum, so wie man mit einem jungen Tier herumalberte, weil man nicht stark genug war, die eigene Existenz zu behaupten.

Erst jetzt begriff er das ganze Ausmaß an Schuld, das sein Vater auf sich geladen hatte. Dieser Verstandesmensch, der nichts so sehr schätzte wie eine gepflegte Unterhaltung, der eigentlich nie wusste, was er mit seiner eigenen Frau bereden sollte, der sich im Alltag eher wie ein Diakon verhielt, der sich auch ein ganz klein wenig genierte, wenn sie beim Essen von Gästen angesprochen wurde und oft unsicher (und ein klein wenig dümmlich) lachte; dieser Mann, sein Vater, war immer wieder schwach geworden, hatte sich auf tierisches Niveau gebückt und beim ersten Mal seine spätere Frau gezwungen, sich wie ein Tier zu verhalten. Beide hatten gekichert, ohne Anstand, ohne jede Spur von Ernst. Keine spätere Heirat konnte diesen Frevel wett machen. Seid fruchtbar und mehret euch, das wohl, aber nur das heilige Band der Ehe konnte garantieren, dass man den Rückfall ins tierische Stadium gemeinsam überstand.

«Ich protestiere, lieber Sören, ich muss Ihrem Erzählstrom Einhalt gebieten, jetzt übertreiben Sie aber maßlos! Sie überziehen! Wo bleibt die Zärtlichkeit, wo die gestische Sprache der Liebkosung, wo bleibt …»

«Ich mag es nicht, wenn man mich unterbricht, Herr Thomas. Ich versuche doch nur einen Sprung zurück in meinen damaligen Gemütszustand. Ich verhalte mich gleichzeitig mit dem damaligen Sören. Ist das erlaubt? Meine Erinnerungen haben keine Falten, glauben Sie mir!»

«Aber Sie strahlen dabei wie ein Konfirmand!»

«Ich darf wiederholen?»

«Natürlich. Perfekt. Erledigt.»

Seid fruchtbar und mehret euch, das wohl, aber nur das heilige Band der Ehe konnte garantieren, dass man den Rückfall ins tierische Stadium gemeinsam überstand.

Auch Sören war eine Frucht dieser zweifachen Selbsterniedrigung.

Diese Erfahrung war eine neue Aufforderung zur Flucht. Sören durchkämmte nervös sein Zimmer, suchte sein Tagebuch, hielt es ausgestreckt vor sich wie ein Rutengänger, der eine Wasserader aufspürt. Aufgewühlt bestieg er eine Postkutsche und verließ Kopenhagen. «Weiter!», befahl er immer wieder, wenn der Kutscher sich umdrehte; zuckte bei jedem Peitschenknall, als würde der ihm gelten, als würde er öffentlich gegeißelt und ausgelacht. Als sein Tagebuch, das er immer noch ausgestreckt vor sich hielt, an einer Abzweigung auf die Knie schlug, schrie er: «Halt!», bezahlte den verdutzten Kutscher, stieg aus und folgte seinem Tagebuch in einen Waldweg. Er hörte, wie der Kutscher (leise fluchend) wendete. Ein Peitschenknall zum Abschied. Dann die jähe Stille des Waldes. Der eigene, unruhige Atem. Die Striemen auf seinem Körper, sie brannten. Die Augen, sie verhornten.

Ihm fehlte jede Erinnerung, wie lange er in der Kutsche gesessen und wie viel er bezahlt hatte, seit wie vielen Stunden er sich, von seinem Tagebuch geführt, zuerst durch den Wald geschlagen hatte und jetzt durch eine Heidelandschaft streifte. Ihn überfiel jäh eine tiefe Müdigkeit. Er bettete seinen Kopf auf sein Tagebuch und blinzelte durch eine spärliche Baumkrone in den Himmel.

Er öffnete den Mund, wollte, wie er es häufig machte, einen Gedanken laut formulieren, aber seine Zunge war plötzlich gebunden, fühlte sich seltsam rau und dick an, ließ sich nur bedächtig bewegen, fiel, wenn er den Mund öffnete, nass und schwer heraus. Sein Magen transportierte sein letztes Essen in seinen Mund zurück. Er stutzte zwar, aber sein Kiefer fing ganz routiniert an zu mahlen. Er war sich sicher, gestern Abend Kutteln gegessen zu haben, dazu Rotkraut, Erdäpfel und eine Karaffe Rotwein, aber sein Geschmack schien betäubt, meldete ihm das zweifelhafte Aroma von halbverdautem Gras; er glaubte zudem Löwenzahn herauszuschmecken.

Sören versuchte aufzustehen, drehte seinen Körper auf die Knie, stemmte seinen Hintern nach oben, drückte die Arme und Beine durch und stand schwankend, als müsse er das Laufen noch lernen, auf vier Beinen. Seine Hände, seine zarten, weichen Hände waren zu Hufen verhornt. An seinem Körper entdeckte er ein dichtes, nach Dung riechendes Fell. Wo war seine französische Unterwäsche geblieben, wo sein Rock aus feinstem Tuch, seine melierten Hosen? Seine Seele schrie auf, aber aus seinem Maul entwich nur ein gutmütiges und bedächtiges *muuuhhh*. Er senkte den Kopf, erkannte ein riesiges und offensichtlich nicht ganz vollständiges Gemächte. Als Mücken ihn plagten, setzte ein Muskel seinen Schwanz als Waffe ein. Drei auf einen Streich. Wenn er den Kopf bewegte, glaubte er, Druckstellen von einem Joch zu spüren. Er torkelte einige Schritte vorwärts, riss einige Grasbüschel aus und begann zu kauen. Er hatte sich offensichtlich in einen

Ochsen verwandelt. Er erschrak so, dass er stolperte und sich an seinem linken Vorderhuf verletzte.

Seine nächste Erinnerung zeigte, wie er, das Tagbuch in den ausgestreckten Armen vor sich, offensichtlich zurückverwandelt, aber an der linken Hand stark blutend, die Außenbezirke von Kopenhagen erreichte. Er zog einige amüsierte und einige verwirrte Blicke auf sich.

Dieser stolze und in seinen Verstand verliebte Kierkegaard! Innerhalb von zwei Tagen hatte er sich gleich zweimal in ein Tier verwandelt. Es gab offensichtlich eine Macht, die das vermochte. Er hatte trotzig aufbegehrt. Er hatte eine zweifache Lektion erhalten.

Die Phase des Trotzes war damit vorbei.

Plötzlich und unerwartet stand Sörens Vater, schwer atmend vom Aufstieg, in der Wohnung, in die Sören vor Monaten eingezogen war, fragte höflich, ob er sich setzen dürfe. Beide fremdelten. Sören öffnete die Fensterläden, ließ der Sonne Zutritt, die sofort Besitz vom Zimmer nahm, nur einen kleinen Winkel aussparte, in den Sören sich zurückzog. Eine Stubenfliege suchte, vom Licht noch geblendet, den Weg ins Freie. Sören stand unvermittelt auf, kochte Tee, bot seinem Vater, der den Tee stets ohne Zucker trank, Kandis an. Sein Vater nahm zwei gehäufte Teelöffel. Sören, bereits im Ausgehstaat, fing an zu schwatzen über eine Aufführung im Königlichen Theater.

«Ich habe als junger Mann Gott verflucht.»

Schweiß auf der Oberlippe. Das Schweigen war aufgebraucht.

«Ich habe nie viel Aufhebens von meiner Jugend gemacht.

Der Grund war, dass ein mächtiges Geheimnis auf mir lastete. Kein Pastor, keine meiner Frauen oder Kinder hat jemals von diesem Geheimnis erfahren, aber du sollst es wissen, weil ich mich um dich sorge. Es liegt in der Familie.» Sein Vater nahm einen Schluck Tee, stutzte kurz, fuhr dann mit brüchiger Stimme fort. «Ich hütete als Zwölfjähriger die Schafe in der Einöde Jütlands. Mir war kalt, ich hatte entsetzlichen Hunger, ich fühlte mich verlassen und fürchtete mich vor dem grollenden Donner. Ich war schier verzweifelt, kletterte auf einen großen Stein, reckte den Stab gen Himmel und verfluchte Gott dafür, dass er mich so leiden ließ.» Noch einmal der Griff zur Teetasse. «Wie zum Hohn zeigte mir Gott seine Macht, schenkte mir Reichtümer und viele kluge Erben. Dann strafte er mich, raubte mir meine Kinder und Frauen. Nur mein Geld ließ er mir, damit ich mir bis ins hohe Alter Ärzte leisten kann, damit ich die Strafe bis ans bittere Ende auskosten muss. Er schenkte mir zudem einen scharfen Verstand und ließ mich erfahren, wie der Verstand versagt, wenn das Fleisch sich regt. So wie David …»

Sören hob die Hand. Sein Vater nickte dankbar. Seine Kraft war aufgebraucht. Mit letzter Anstrengung stand er auf, legte Sören die Hand auf die Schulter und ging. Auf dem Grund der Teetasse ein Hügel aus zähem braunen Kandis. Vor dem Fenster tanzten goldene Sommerfliegen.

Wie sich wieder herantasten, wie die Entfernung, die so groß war wie der Radius der Erde, verkürzen, wie sich zurückstehlen? Sören balancierte auf den Gedankenstrichen seines Tagebuchs zurück, Zentimeter für Zentimeter. Wochen später schaute er zu einer Zeit, als er seinen Vater auf dem täglichen Spaziergang wähnte, in seinem Elternhaus vorbei, sog den Geruch seines Vaters in sich auf, imprägnierte seine Kleidung, stellte sich vor, wie sein Vater sich bewegte, imitierte wie ein Schauspieler dessen Besonderheiten: wie er mit dem linken Zeigefinger ein Nasenloch zuhielt, wenn er versunken nachdachte; wie er die Wangen aufblies, wenn er müde war und nicht gähnen wollte; wie er manchmal das Kreuz durchdrückte, wenn die Schwermut ihn verkleinerte. Sören glich sich der Geschwindigkeit seines Vaters an, verlangsamte die Bewegungen, kontrollierte sie in dem blindfleckigen Schrankspiegel – machte es übertrieben, wie um sich etwas zu beweisen – und verschnellte im Gegenzug seine Handschrift; denn schrieb sein Vater, dann besaß die Schrift etwas Gehetztes, die Hand zuckte, als würde sie vom Verstand gejagt – kurz nur sympathisierte er mit der Überlegung, die eigene Haar- und Kleidertracht anzugleichen, aber das betraf nur unwichtige Äußerlichkeiten. Er suchte die unverfälschte Wiederholung, dort David, hier Salomo.

Es lag in der Familie.

Er war stolz, dass sein Vater – wie schwer musste dieser Schritt gewesen sein – sich ihm offenbart hatte. Wie qualvoll seines Vaters Leben gewesen war, ahnte er erst jetzt. Aber gleichzeitig lastete dieses Geheimnis auf ihm. Wie mit der Schuld fertig werden, die auch ihn betraf? Und: Durfte er sich eine Frau nehmen? Würde er diesen Fluch ins nächste Glied weiterreichen? Musste er also auf das irdische Glück verzichten?

«Schrill! Sehr schrill, diese Geschichte! Sie sind mir ja ein kleiner Verwandlungskünstler, lieber Sören. Aufregend. Wahnsinnig aufregend Ihre Ticks – einfach bezaubernd. Das müssen wir später Sigmund erzählen. Die Verwandlung in einen Ochsen! Das riecht nach Kastrationsängsten. Diese nächtlichen Foltertouren – schrecklich schön, oder?»

«Ich flehe Sie an, lieber Thomas …»

«Warum immer noch so förmlich! Nennen Sie mich Tommy, bitte, ich bin durchaus kein Anhänger der vorschnellen Verbrüderung, allenfalls an Karnevalstagen, aber ich fühle mich Ihnen mehr als geistesverwandt!»

«Bester Tommy, versprechen Sie es mir: zu Sigmund kein Wort. Ich hasse sein Salbadern.»

«Einverstanden. Aber Sigmund ist manchmal so schrecklich einsam. Niemand verspürt Lust, mit ihm zu reden. Ich muss mir dauernd irgendeinen vagen Traum oder eine Geschichte ausdenken, damit er nicht noch völlig apathisch wird. Mit Carl Gustav Jung will er im Himmel partout nicht diskutieren, deshalb muss ich mich, will ich nicht riskieren, dass der Gute sich den *Junior* vornimmt, hin und wieder opfern.»

«Sie übertreiben etwas Ihre Menschenfreundlichkeit!»

«Machen Sie sich keine Sorgen. Ich bin ganz verrückt nach guten Geschichten, deshalb ist dieser kleine Opfergang nicht der Rede wert. Sigmund erzählt mir zudem gerne, weil das Arztgeheimnis hier oben nicht länger gilt, seine pikantesten Fälle. Natürlich reicht keine dieser Geschichten und Träume an Ihre Lebensgeschichte heran. Ich spüre förmlich diese mentalen Turbulenzen, in die Sie hineingeraten waren. Sie steckten so richtig böse in der Klemme. Mit großer Geste will man sich von den Vätern befreien, und dann stellt man plötzlich fest: Es liegt eben alles in der Familie. Man flieht vor sich selbst und nimmt sich doch mit auf die kleinen Ausflüge, um der eigenen Langeweile zu entfliehen.»

«Sie haben offenbar meinen kleinen Text, den ich letzten
– oder bereits vorletzten – Sonntag veröffentlicht habe, zur
Kenntnis genommen?»

«Helfen Sie mir auf die Sprünge! Ich rechne es wirklich
zum Vorzuge, dass Sie mir einen tiefen Einblick in Ihren
Schaffensprozess gewähren.»

«Wenn Sie erlauben …»

Animateure royal

In seiner sozialen Klugheitslehre schreibt der zu Unrecht heute wenig gelesene Sören Aabye Kierkegaard: «Die Götter langweilten sich, darum schufen sie den Menschen. Adam langweilte sich, weil er allein war, darum wurde Eva geschaffen. Von dem Augenblick an kam die Langeweile in die Welt und wuchs an Größe in genauem Verhältnis zu dem Wachstum der Volksmenge. Adam langweilte sich allein, dann langweilten Adam und Eva sich gemeinsam, dann langweilten Adam und Eva und Kain und Abel sich en famille, *dann nahm die Volksmenge in der Welt zu, und die Völker langweilten sich* en masse.*»*

Seitdem zerstreuen wir uns, bauen uns Vergnügungsparks, diese Designerhöhlen des Schreckens, vegetieren in Urlaubsclubs mit Kinderbetreuung – die fraglos teuerste Form der Kinderschändung –, gehen in Erlebnisrestaurants, um uns glücklich von der Fast-food-Qualität der Speisen abzulenken, buchen Theaterevents und bestaunen in der Regel Geschmacksmassaker: Schauspieler toben über die Bühne und schmeißen mit Exkrementen und Samen um sich, gelenkt von verwirrten Regisseuren.

Unde malum? *Woher kommt das Übel? Die Antwort ist charmant einfach. Das dämonische Element in der Langeweile ist die* Inhaltslosigkeit. *Ich bin durchaus kein Hasser der schönen Formen und Verpackungen, aber sehr wohl ein Verächter des Ornaments. Surfen auf der Oberfläche? Bitte.*

Die happy few, *denen das gelingt, will ich nicht missionieren. Aber ohne eine existentielle Tiefe, die auch kein die eigene Existenz verleugnender Buddhismus (im Feuilleton gerne Buddhismus* light *genannt) ersetzen kann, bleibt das schale Amusement eine Krankheit zum Tode.*

Ich wünsche mir sehnlichst eine Rückkehr der Salons, wo die großen und ernsten Themen der menschlichen Existenz nach Klatsch und Tratsch verhandelt werden! Widmen wir die evangelischen Akademien von Tutzing in Bayern bis Bad Segeberg in Schleswig-Holstein um! Entlasten wir sie vom Kulturmüll und protestantischen Spießertum. Wählen wir die großen Ernsthaften Botho Strauss, Peter Handke, George Steiner und die Gebrüder Enzensberger zu Akademiedirektoren!

Victor Emeritus

Irrungen und die Kunst, sich selbst zu überleben

«Ich fürchte, Sie werden mich nach dieser frommen Satire albern schimpfen, wenn ich Ihnen vorschlage, hier unten am Strand etwas Trampolin zu springen. In irdischen Gefilden hätte ich allenfalls einen sehnsüchtigen Blick riskiert, aber die Entdeckung kindlicher Albernheit im Himmel erlaubt mir endlich, mit Vernunft und allen Sinnen an diesem Treiben teilzunehmen. Ich habe eine kleine Schwäche für diese Bewegung, liebe es hochzuschnellen, riskiere gerne eine vorsichtige Drehung, einen Spreizsprung oder sogar einen kleinen Salto.»

«Wenn Sie meinen, dass es sich ziemt, bitte! Die Musik der Tauben in unserer Nähe war in der Tat etwas eintönig. Mir ist es deshalb sehr recht, wenn wir uns ablenken – solange Sie Überredungskünstler mich nicht zum Mountainbiken oder Gleitschirmfliegen verführen.»

«Nichts gegen das Aroma von saurem Schweiß, Sören Aabye, aber alles hat seine Zeit. Vielleicht sollten Sie Ihren Hut ablegen, der kleidet Sie zwar recht hübsch, ein aufregendes Ripsband, nein, wirklich, aber er könnte sich selbstständig machen und verloren gehen. Und bis man hier etwas zurückbekommt! Schrecklich. Geben Sie mir Ihre Hand. Ach! Sie haben gefeilte Fingernägel. Wie angenehm! Ich hasse diese Monster, die ihre Nägel mit diesen billigen Knipsern bearbeiten. Allein das Geräusch lässt mich schaudern.»

«Mit Argusaugen hüte ich mein Necessaire. Mein ganzer

Stolz ist eine Feile mit feinstem Brillantstaub. Hegel bettelt dauernd und will sie ausleihen, dabei bekommt er genug Tantiemen, um sich eine schmieden zu lassen. Hephaistos versteht sein Handwerk.»

«Typisch Georg Wilhelm Friedrich. Diese geizigen und immer etwas neidischen Schwaben. Man kann ihnen zwanzig Trainings zur Umerziehung aufbrummen, sie sind nicht therapierbar. *Der Junior* ist viel zu nachsichtig mit diesem Völkchen. Trotzdem: Carpe diem, Sören. Los jetzt. Auf drei gehen Sie etwas in die Knie und stoßen sich kräftig ab. Eins, zwei, drei.»

«Huch!»

«Sie legen doch auf Eleganz großen Wert, lieber Sören. Strecken Sie im Flug die Zehen durch, das macht einen sehr viel überzeugenderen Eindruck auf Spaziergänger, die hier vielleicht vorbeiflanieren. Ich lasse Ihre Hand kurz los, und dann drehen Sie sich beim nächsten Aufstieg. Jetzt.»

«Huch!»

«Jetzt einen Spreizsprung, dann beim Landen in den Knien nachgeben! Das war schon sehr schön, lieber Aabye.»

«Meinen Sie wirklich, ich hätte Talent zum Springen?»

«Ganz entschieden. Ihre Bewegungen in der Luft waren sehr anmutig. Setzen wir uns auf den Rand, um Luft zu schöpfen. Ich bin so unverschämt, die Situation auszunutzen, um noch einmal einen leichten Protest zu erneuern betreffs Ihrer Ausfälle gegen das Erotische. Also, lieber Aabye, *d'accord*: Wir erleben im erotischen Akt eine gewisse Regression. Aber Sie gehen umstandslos so weit, eine vollständige Rückkehr ins Tierreich zu behaupten. Ihnen ist die Natur per se verdächtig. Das ist etwas zu starker Tobak. Ich habe meinen sittsamschlichten Hans Castorp im *Zauberberg* zwar Ähnliches sagen lassen, aber das war Ironie. Bei Ihnen wirkt es todernst. Sie verfolgen die Idee mit Biereifer. Nein! Da mache ich nicht mit! Gibt es nicht auch eine Transzendenz im Sinnlichen? Unterscheiden wir uns nicht vom Tier durch die Kultur der Liebkosung, durch die Kultur der zärtlichen Achtung? Tiere bringen es höchstens zum kindischen Necken, vollziehen den Koitus und gehen dann oft ihrer Wege. Solch ein Gefühlsfrevel ist uns fremd. Unsere Wünsche zu gefallen zielen auf Dauer. Lesen wir nicht, wenn wir mit der Hand die Haut eines anderen Menschen streicheln, wie ein Blinder einen Text, eine geheime Botschaft, die uns ganz anderes zu verstehen gibt, als alles, was wir bisher kannten? Fehlte Ihnen im vorliegenden Fall nicht schlicht die menschliche Kunst der Verliebtheit?»

«Eine schöne kleine Rede, Tommy. Mit großem Fleiß haben Sie die Gegenargumente kollektiert und dann so zartfühlend vorgetragen, um mich nicht zu verletzen. Ja. Durchaus. Ich rechne es zu den ernsteren Schicksalsschlägen, dass ich zunächst die körperliche Liebe erfahren habe und erst hernach die Wonnen der Verliebtheit. Ich hatte schlechten Umgang, konnte mich aber von dem Einfluss nicht freimachen, obwohl ich mit mir gerungen habe. O ja! Ich ging nach diesen Erfahrungen mit einem zwiespältigen Gefühl in unseren Debattierclub *Heilige Allianz*. Ein leichtes Brennen wie eine innerliche Schürfwunde.»

Ein leichtes Brennen wie eine innerliche Schürfwunde. Als Sören an diesem Abend in die Restauration an der Österbroggade 70 ging, stotterte sein Gang. Bei jedem dritten oder vierten Schritt zog er das linke Bein etwas nach, als würde das Brennen auf die Nervenbahnen und Muskeln übergreifen.

Sei mannhaft, Sören!

«Ich hatte den grünen Hut eines Jägers erwartet, liebster Sören, dazu den zielsicheren Schritt, aber du schwankst wie ein waidwundes Tier.» Peder Ludvig Möller empfing Sören im schlecht gelüfteten Hinterzimmer. Und mit Blick auf die anderen Mitglieder des Debattierclubs tönte er: «Unser Bruder hat neulich dem Eros gehuldigt und die wahre Empfindung hübsch sozialisiert. Er hatte ein kleines Techtelmechtel mit einer stadtbekannten Diakonin. Ihm schwindelt noch ein wenig. Vielleicht sollte er sich kurz hinlegen.»

«Dialektischer Fortschritt im körperlichen Bereich? Das nenne ich eine angenehme doppelte Haushaltung», ergänzte Hertz und applaudierte affektiert. Hertz' melodische Stimme hatte stets etwas Gepresstes, drohte zu kippen, wirkte überanstrengt, als suche er verzweifelt das Falsett, als würde seine Stimme einen Berg hochsteigen und kurz vor dem Ziel nach unten rutschen. Ein Sisyphos der Stimmbänder. Vielleicht wirkte er deshalb immer ausgezehrt und krankhaft müde.

Sören nahm Platz und entkorkte den Wein. Hans Christian Andersen musterte ihn von der Seite, genoss es, ausnahmsweise nicht Gegenstand des Spotts zu sein. «Körperliche Fortschritte mögen ihren eigenen Reiz haben, lieber Sören, das will ich nicht bestreiten, aber ohne die amourösen Spiele der Verliebtheit bleibt der Akt doch etwas Mechanisches, ich scheue mich zu sagen, Tierisches.» Sörens Lippen wurden ganz schmal. «Es ist hinlänglich bekannt: Ich verliebe mich schnell, weil ich dem Gemeinschaftsgeist huldige, entdecke überall Verwandtes. Ich fühle mich, wenn ich verliebt bin, nicht nur mit einem einzigen Frauenzimmer verbunden, sondern mit dem Weiblichen unseres kleinen Erdenrundes an sich. Mein Sinnen geht auf die goldene Ewigkeit.»

«Allerliebst, mein Teurer. Aber wenn du weiterhin nur schwärmst, endest du als Minister für Frauenfragen und stirbst als verspäteter Jüngling», spottete Möller.

«Du überraschst mich, Bruder. Hans Christians kleines Loblied auf die Wonnen der Verliebtheit und vor allem die Wonnen der Zerstreutheit darf dir doch nicht ganz unlieb sein», warf Hertz ein.

«Durchaus nicht. Auch ich fröne der Verliebtheit, vermeide aber die Verklärung. Die Sublimation überlasse ich den Andersens dieser Welt. Mein kategorischer Imperativ lautet: Verführe und genieße», konterte Möller eine Spur selbstgefällig und kontrollierte dabei die Fingernägel. «Heirate, du wirst es bereuen; heirate nicht, du wirst es bereuen; heirate oder heirate nicht, du wirst beides bereuen; entweder du heiratest oder du heiratest nicht, du bereust beides. Dies, meine Freunde, ist aller Lebensweisheit Inbegriff. Ich für meinen Teil habe mich entschieden, dereinst zu bereuen, nicht geheiratet zu haben. Solange flaniere ich an gebeugten Ehemännern vorbei, glücklich und froh wie ein junger Gott.»

«Ich will dich nicht tadeln, verehrter Peder, das steht mir nicht zu, aber du neigst zum Überstürzen, bist zuweilen wenig wählerisch. Dein Kompass schlägt immer aus, als säßest du auf einer Chaiselongue am Nordpol. Ich für meinen Teil wüsste zu gerne Gründe für die Verliebtheit zu nennen. Gibt es Gründe für den Aussonderungsakt, oder macht Liebe einfach blind – zumindest so lange, bis der Morgen graut? In der Nacht sind bekanntlich alle Kühe grau, aber man stelle sich den Schrecken vor, morgens zu erwachen, und die Brust der Geliebten ist durch einen Blutschwamm entstellt.» Weil ihn der Wein an diese schreckliche Vorstellung erinnerte, schob Hertz das Glas weit von sich.

«Dreierlei gibt es zu diesem Thema zu sagen», meldete sich Poul Jacobsen. Seine Einwände waren gefürchtet. Ein klein wenig trocken und spröde klang seine Stimme, aber sie machte Eindruck, wirkte überlegen, auf jeden Fall entschieden. Wegen eines kleinen Augenleidens blickte er, um davon abzulenken, oft zu Boden.

«Ich bin bis zum Zerspringen gespannt», flötete Möller.

«Zunächst: Die Verliebtheit ist ein Gottesgeschenk. Wir sind keine Hampelmänner einer undurchsichtigen Macht. Man tut allerdings gut daran, nicht übermäßig viel zu vernünfteln. Die Gründe sind in der Tat oft lächerlich: ein Grübchen, ein zarter, schmaler Fuß, festes, gut durchblutetes Zahnfleisch. Sodann: Frauen besitzen nicht nur einen kurzen sinnlichen Reiz. Sie blühen erst auf, wenn sie nicht mehr spillerig sind, sondern Mütter werden, an unserer Seite stehen und unseren Geist, wenn notwendig, erden. Das Religiöse erreichen sie viel unmittelbarer als wir. Sodann: Die Verliebtheit allein tut's freilich nicht. Zur Verliebtheit muss sich der Entschluss gesellen, der uns unabhängig macht von Stimmungen und Zuständen, Grübchen, Füßchen und gesundem Zahnfleisch.» Und wie um die Rede zu unterschreiben, nahm er einen kräftigen Schluck Rotwein.

«Ich entschließe mich, ich weiß nur nicht wozu», flötete Möller und bestellte eine neue Runde.

Sören nickte nur, beteiligte sich nicht am Gespräch und ging als Erster.

«Animal triste», rief ihm Möller hinterher.

Sören drehte sich nicht um.

Die Sitzungen im Debattierclub hatten Sören zum Rotweinkenner ausgebildet: Ein Connaisseur, dem alle vertrauten. Dieser Wein ist eine Spur zu unmittelbar im Geschmack. – Dieser Wein reflektiert den Gaumen sehr angenehm. – Dieser lässt die Geschmacksknospen jäh aufspringen. – Und dieser hier, dieser ist die Ausnahme schlechthin, sein Bouquet ist verjüngend, beflügelnd ist er auch.

Sören mit all seiner Raffinesse. Wie er die Etiketten studierte! Wie er mit betonter Zärtlichkeit die linke Hand um den Flaschenhals legte! Wie er den Korkenzieher ansetzte und mit leichtem Druck einführte, als erspüre er die vorgezeichnete Maserung für das Gewinde im die Flasche versiegelnden Dorn! Wie er mit einem kennerhaften Ruck, als würde er den Korken überrumpeln, die Flasche öffnete, kurz am Korken roch, einschenkte, die Farbe prüfte, den Duft einatmete und probierte!

«Er reflektiert ganz ordentlich.» Hertz, der den Wein spendiert und während der Zeremonie nervös mit einer Ferse gegen das Stuhlbein gepocht hatte, atmete auf. Möller hatte ihn vor Wochen einen Geizhals geschimpft, weil Sörens Urteil lautete: «Etwas unmittelbar im Geschmack.»

Sörens anfängliche Verliebtheit hing mit dieser Kennerschaft zusammen. Warum entzündeten sich seine Augen, als er im Hause Rördam nachdrücklich auf Regine Olsen aufmerksam wurde? Bisher hatte er ganz ungeniert für Bolette Rördam geschwärmt, obwohl sie einem Kandidaten der Theologie versprochen war. Es lag an einer kleinen Assoziation.

Sie hatte einen elfenbeinernen Teint. – Das ja. Aber dieses Detail ließ Sörens Leidenschaft nicht plötzlich entflammen.

Die Nase, ein Taktstock der Empfindsamkeit! – Bezaubernd, ja.

Die Bühne der Augen, die ein ganzes Seelenspiel inszenierten, wenn der Vorhang der Wimpern sich hob, der sich aber auch sofort senkte, wenn ein Blick sie traf. – Beeindruckend! Aber nicht entscheidend.

Die zarten Augenbrauen, wie die Silhouette einer fliegenden Möwe, verliehen dem Gesicht etwas Leichtes, Aufstrebendes. – Anbetungswürdig. Sie haben Recht, aber …

Der einfühlsame, weich gepolsterte Mund, ein Souffleur des Gesichts? – Weiter!

Die vornehme Intendanz der Stirn! – Weiter.

Das kleine Grübchen am Hals, wer wünschte sich nicht dort einen Nistplatz zu finden! – Durchaus, aber …

Dieses herrliche Rund des Schulterbogens, wenn sie den Kopf leicht schief hielt, halb skeptisch, halb schüchtern! Wie eine goldene Sichel! – Gewiss! Gewiss! Aber nein …

Die Andeutungen ihrer Brust, spielerisch, als würde die Landschaft noch eine endgültige Gestalt suchen. Man möchte am liebsten Zeuge dieses Prozesses sein, ein Landvermesser mit einem Hut auf. Es fehlt an Wörtern, um die dumpf-süßliche Stimmung dieser Landschaft einzufangen, das Schattenspiel, wenn eine flackernde Öllampe wie eine untergehende Sonne einen warmen Sepiaton über die Landschaft ergießt. – Ja. Ja. Aber auch dieses Detail war nicht entscheidend.

Ihre Präsenz, wenn sie ein Zimmer betrat! Dann schienen die Bühnenwände auseinander geschoben zu werden, der

Raum wurde größer, wohnlicher, auch heller. – Halten Sie ein! Ich lüfte das Geheimnis: Es waren die Haare. Sie umspielten den Kopf wie Korkenzieher. Scheinbar absichtslos spielte sie manchmal mit einer Locke, zog sie nach unten und ließ sie dann hochschnellen. Die Locke zitterte noch kurz nach. Dieses Zittern ging auf Sören über, schreckte auch sein Haar auf, seine Tolle schien zu wachsen, alles an ihm wuchs. Der Wein in Sören machte eine kleine Wanderung, schlug sein Herz mit Samt aus und bespannte die Zunge mit edlem Pelz. Seine Hände suchten Halt, vergruben sich in den Rocktaschen, kuschelten sich an seine Taschentücher. Weinernte auch in seinem Kopf. Jetzt streifte ihn der frische Geruch ihres Atems. Welch ein Bouquet! Eine Ausnahme. Der Geruch war verjüngend, beflügelnd war er auch.

Vorsicht!

Sie näherte sich. Sören konnte nicht mehr ausweichen. Die Fluchtwege waren verstellt. Links thronte Frau Rördam, rechts wartete ein Diener.

Der Raum zwischen ihnen wurde gestaucht, erzeugte einen mächtigen Widerstand, der auf seinem Brustkorb lastete. Er beugte sich nach vorn, als würde er gegen eine Windböe kämpfen. Irgendetwas riss, dann folgte ein leichtes Krachen. Sörens vor Angst geweitete Augen! Regine schaute ganz ruhig. Leicht nur wippten ihre Haare. Ihre Hand näherte sich seinem Mund, schwebte ihm entgegen, mandelweiß. Er registrierte zarte Linien auf ihrer Haut, zu flüchtig, um einen Text zu entziffern. Der Geruch ihrer gepuderten Hand trat durch seine Poren ein, jagte durch die Adern und parfümierte das Gehirn, produzierte einen leichten Unterdruck. Dann endlich brach das Siegel seiner Schwermut; wohl deshalb verbeugte Sören sich etwas zu tief. Seine Lippen berührten ergriffen die Hand, als würde er den Ring eines katholischen Bischofs (Sören!) küssen und um Absolution nachsuchen. Die Wärme ihrer Hand taute den eigenen eiskalten Verstand auf; dann endlich erhob sich Sören, stotterte: «Guten Abend, Fräulein Olsen.»

Als sie bereits aus dem Blickfeld glitt, gewann Sören seine Souveränität zurück. Galant bot er ihr den Arm, begleitete sie auf die Terrasse («Ist es nicht erstaunlich, wie viel Gespür die Natur für Proportionen besitzt?»), machte einige Komplimente, fächelte ihr etwas Kühlung zu und freute sich an der leichten Röte, die Besitz von ihrem Gesicht nahm. Sören lernte schnell, etwas zu schnell vielleicht, denn unweigerlich schlug er den forschen und drängenden Ton an, den er an Möller bewundert hatte.

«Die Gesellschaft vermisst Sie sicherlich bereits», sagte Regine Olsen und dirigierte Sören in den Salon zurück.

«Eher ist man mir gram, wenn ich Sie zu lange den anderen vorenthalte.» Ein leichter Druck mit der Armbeuge. «Darf ich Ihnen in den nächsten Tagen eine Novelle von Tieck ausleihen, *Die wilde Engländerin*, ein Text, der Ihnen, da bin ich mir sicher, gefallen wird.»

«Ein interessanter Titel!» Ein leichtes Nicken.

«Nicht ohne Witz und Humor erzählt uns Tieck, wie eine junge Frau beim Aussteigen aus einer Kutsche einen beherzten Sprung in die Arme eines Dieners wagt. Ich wünschte mir nichts sehnlicher, Sie, Fräulein Regine, wären in der Kutsche und ich der Diener, der Sie auffangen dürfte.» Beinahe so gut wie Möller, Sören!

Ihre Röte steigerte sich um einige Grade. «Leihen Sie mir das Buch, und ich werde in Erfahrung bringen, ob der Diener oder Kutscher auch Manieren hat. Aber wehe Ihnen, wenn mich das Lesen der Geschichte reut!» Mit diesem Satz entließ sie Sören und setzte sich ans Klavier. Als sie die Arme ausbreitete, kam es Sören wie eine Segensgeste vor. Ebenso himmlisch war die Musik.

Sören hatte sich verliebt – und zwar ganz unvorbereitet. Er stand etwas abseits und musterte die Szene. Warum hatte er sich in Regine Olsen verliebt? Er überlegte angestrengt, konnte aber keine Gründe für die Aussonderung nennen. Er war Regine vor Jahren zum ersten Mal begegnet, warum entzündete sich erst jetzt eine Leidenschaft? Durfte er sich überhaupt verlieben, wenn der Fluch eines frühen Todes auf ihm lastete? Konnte er Regine Olsen mehr bieten als eine frühe Witwenschaft, die allenfalls durch das ihr dann zufallende Erbe gemildert würde?

Dann schaltete Sören seinen Verstand erneut ab, schaukelte auf den Wogen der Melodie und verliebte sich in die Vorstellung, er würde bereits in Regines Armen liegen.

Die Trauergäste nickten mitleidig.

Du belesener, reflektierter, außergewöhnlicher Sören! Ertrinke nicht in den eigenen Tränen. Warum weinst du? Das Leben währet siebzig Jahre. Dein Vater wurde gesegnete einundachtzig! Mühe und Arbeit sei sein Leben gewesen? Sei ehrlich! Dein Vater war mehr als die Hälfte seines Lebens ein betuchter Privatier und Besitzer mehrerer Häuser. Herrschte über sieben Bedienstete. Beschäftigte einen Privatdiener. Hat er etwa Kohle geschleppt, unter Tage arbeiten müssen, in der sengenden Mittagshitze Äcker bestellt, täglich Ärger im Kontor gehabt? Warum trauerst du wie ein Weichling? – Ich weine, weil ich ihn bewundere. Mein Vater hat zwei Ehefrauen zu Grabe getragen und fünf seiner Kinder sind vor ihm verstorben: Michael, zwölf Jahre alt, Maren Kirstine, dreiundzwanzig Jahre alt, Nicoline Christine, dreiunddreißig Jahre alt, Niels Andreas, fünfundzwanzig Jahre alt, Petrea Severine, zweiunddreißig Jahre alt. In unserem Haus regierte der Tod. Mein armer Vater erhielt mehr Schicksalsschläge, als Hiob sie zu verkraften hatte. – Hiob? Du vergleichst deinen Vater mit Hiob? Hiob hatte Aussatz! – Der Aussatz meines Vaters war die Schwermut, die er durch seinen Witz kaschierte. Er besaß eine ätherische Creme, so dass der Aussatz nach innen zog und er nicht einmal von seinen Freunden bemitleidet werden konnte. – Hört, hört! Nicht uneitel. War dein Vater eine Synopse gleich zweier alttestamentlichen Helden: Hiob und David? Und der Sohn welches Helden bist du? Sei ehrlich, du ziehst David vor. Ein Sohn aus dem Geschlecht Davids. Das macht Eindruck. – Schweig. Mir ist nicht nach ironischen Fechtereien. Ich habe wie Salomo die Taten meines Vaters erahnt; wie Cordelia sich mit ihrem Vater, dem König Lear, so habe ich mich mit meinem Vater versöhnt, und wie Antigone das Geheimnis um ihren Vater bewahrte, so gedenke ich auch dieses Geheimnis zu bewahren. – Welch beeindruckende Ahnentafel. Aber die Selbstdeutung hat einen Haken. Dein Vater musste nicht alle Kinder zu Grabe tragen. Seine eigene Prophetie ist nicht in Erfüllung gegangen. Du erfreust dich bester Gesundheit. Propheten, deren Weissagungen nicht eintreffen, haben keinen Anspruch, in einen Kanon aufgenommen zu werden. Die Familienbibel ist geschlossen. Punktum. Jetzt nicht schlaff werden, Sören! Deine Stimme versickert schon wieder. Dein Gesicht wirkt wie abgetragen. Du bist jung. Im besten Mannesalter. Aber ein Bummelant bist du. Das schon. – Ich habe die Schwermut meines Vaters geerbt und versuche sie durch Ablenkungen unkenntlich zu machen, obwohl mir das nicht immer gelingt. – Papperlapapp. Du hast deinem Vater hoch und heilig versprochen, deine Studien an der Universität endlich abzuschließen. Wenn du ihn so verehrst, und es gibt keinen Grund für einen Sohn, seinen Vater nicht zu verehren, dann erinnere dich deines Versprechens. Bald bist du ein greiser Studiosus, der von den Studienanfängern in den Hörsaal geführt werden muss. Seht her, dort kommt unser Altersstudent! Eine Ehrennadel für das zwanzigste Studienjahr! Wie alle Faulen wirst du erst abends flügge, spitzt die Faunslippen, trittst laut und ordinär auf und lässt dir jede Narrenfreiheit durchgehen. Halte dir ruhig die Ohren zu. Meine Stimme schreit in dir! Was du ererbt hast von deinem Vater, vergeude es nicht! Du belesener, reflektierter, außergewöhnlicher Sören. Du schaffst es! Ertrinke nicht länger in deinen Tränen. Der König David ist tot. Es lebe der König Salomo. Er lebe hoch. Hoch. Hoch.

«Hoch», sagte Sören.

Die Trauergäste starrten ihn verwundert an. Einige wandten sich kopfschüttelnd ab.

Die Gabe eines Freundes.

Seit Tagen las er Hamann, Texte des Königsberger Weisen, Freund des großen Kant und dessen klügster Kritiker. Diese Texte verlangten konzentrierteste Aufmerksamkeit.

Sörens Lesetempo verlangsamte sich, die Wörter zerfielen in einzelne Buchstaben, als säße er in der Elementarschule und müsse das Lesen neu erlernen, Bankert eines Landwirtes, der die Texte durchackert und mühevoll die Furchen absucht, weil ihm jemand eingeredet hat, dort sei eine Perle versteckt.

Sören filterte alle Geräusche, die von draußen an ihn herandringen konnten, aus. Als sein böser Dämon ihn zu Ablenkungen verführen wollte – du könntest vielleicht noch geschwind im Theater vorbeischauen und den ersten Akt des Don Juan genießen! Und bist du nicht mit Hertz auf einen Kaffee in der Konditorei von Madame Fousanée verabredet? Vergiss nicht dein Seminar bei Sibbern, etwas Vorbereitung dürfte nicht schaden, denn die schmalen Beiträge der letzten Stunden entsprachen nicht deinem Niveau! –, sperrte er ihn in der Gehirnkammerbibliothek ein.

Im Arbeitszimmer herrschte jetzt eine absolute Stille, die nur gestört wurde vom Kratzen seiner Feder, die das Entzifferte festhielt und in zunächst steife Schreibschwünge übersetzte. Aber dann machte sich die Feder selbstständig, übersetzte freier, die Schwünge wurden flüssiger, seine Augen konnten gar nicht so schnell durch den Text pflügen, wie seine Feder schrieb, er kam kaum mit dem Lesen hinterher, fing an zu schwitzen, fächerte sich mit der Linken frische Luft zu. Plötzlich blickte ihn der Text an, machte große Augen, forderte ihn auf, genauer hinzusehen. Überall auf dem Text wuchsen jetzt Augen. Er setzte seine Feder ab. Zögerte.

Seit Tagen las er diese dichten, mit Anspielungen übersättigten Texte Hamanns. Ja, das waren die Texte, auf die er immer gewartet hatte! Wenn er Hamann las, dann blickte er in einen Spiegel und erkannte sich schließlich selbst darin wieder. Hamanns Geschichte war auch seine Geschichte. Diese Texte betrafen ihn, stachelten ihn an, machten ihm Mut und lösten eine unbändige Freude aus: *«Es gibt etwas wie eine unbeschreibliche Freude, die uns so unerklärlich durchglüht, wie des Apostels Jubelruf unerwartet hervorbricht: Freuet euch, und abermals sage ich: Freuet euch! Eine Freude, die kühlt und erfrischt wie eine Brise, ein Windstoß des Passats, der vom Hain Mamre zu den ewigen Wohnungen weht.»*

Seine Feder teilte diese Freude mit, ein nahezu verselbständigtes Schreiben; das Handgelenk schmerzte, ein wohliger Schmerz, weil sich die mächtige Freude durch die Hand aufs Papier ergoss. Sören löste sich auf in diesem Schreiben, öffnete sich, verlor und fand sich erneut in diesem Rhythmus, den der Text vorgab und in den Sören sich einstimmte, der ihm auch die Kraft zuführte, das Tempo zu halten. Nicht nachlassen, Sören! Jetzt nur nicht nachlassen! Seine Hand zuckte, er glaubte Blut zu schmecken, presste und schrieb, presste und schrieb, dann endlich kam die Einsicht ans Licht: Wie bei Hamann, so zeigte die Reisekarte Israels auch mit seinem eigenen Lebenslauf eine genaue Übereinstimmung. Und den Langmut, den Gott mit seinem Volk gezeigt hatte, zeigte dieser Gott auch mit ihm, mit Sören Aabye Kierkegaard. Deshalb auch hatte Gott ihn, den trotzigen Sören, nicht vor seinem Vater abberufen, wie er bisher unbeirrt geglaubt hatte.

In diesem Augenblick fuhr ein Windstoß ins Zimmer und verfing sich in der Gardine. Sören setzte die Feder erneut ab. Ihm war schwindlig vor Freude. Er fühlte sich wie neugeboren. Er gab sich einen Klaps und schrie kurz auf. Er notierte in sein Tagebuch: Wiedergeboren am 19. Mai, vormittags

10.30 Uhr. Das Kind erfreut sich prächtiger Gesundheit, wie der Vater Johann Georg Hamann glücklich mitteilte.

Obwohl Sören erschöpft war, entschloss er sich, noch kurz im Theater vorbeizuschauen. Er hatte einen Aufschub bekommen. Nun galt es, sich mit aller Kraft ins Christentum einzuüben. Nirgendwo aber stand, man müsse auf das Theater und die Salons verzichten!

Sören zog seine neuesten, aus feinstem Rehleder gearbeiteten Handschuhe an und eilte hinaus.

«Aabye, mein Lieber, ich nehme Sie beim Wort. Es lebe der Salon! Es lebe unser *Club der falschen Propheten!* Sie erinnern mich manchmal auf das Lebhafteste an meinen Felix Krull. Darf ich Ihren berührenden und nicht ganz unironischen Satz als geheime Zustimmung verstehen, den Kassenwart zu übernehmen?»

«Warum so hitzig, mein lieber Thomas! Sie wollen aus meiner Geschichte vorschnelles Kapital schlagen. Sie müssen noch mit einigen Kehren in meiner Biographie rechnen.»

«Rechnen. Aber ja. Wenn Sie so nachdrücklich werden, wirken Sie auf mich wie höchstens zwanzig. Vielleicht provoziere ich Sie deshalb so gerne. Übrigens: Diese kleine Burleske über die Verliebtheit! Ihre beherzt-geschliffene Ideenassoziation von Korkenzieher und Korkenzieherlöckchen. Mmmmh.»

«Warten Sie. Ich habe in meiner Brieftasche noch die Fotografie eines Gemäldes von Regine aufbewahrt – bitte. Diese Locken sind eine hübsche Erbschaft der Natur, keine Brennschere war jemals in der Nähe ihrer Lockenpracht.»

«Man möchte immerzu mit diesen Löckchen spielen. Sehr anziehend, ich kann lebhaft imaginieren, wie Regine Ihr

Herz bezauberte. Ich darf Ihnen ein vielleicht nicht unerheb-
liches Geheimnis verraten. Ich war ein stetiger Besucher der
Coiffeursalons, nicht ganz freiwillig, denn ein guter Freund
hatte mir eine Kur verschrieben, um meine postpubertären
Kastrationsängste zu therapieren. Mit viel Erfolg übrigens.
Ich habe mich in einem jener Salons, wo man niemals genau
wusste, in welcher Sphäre man sich aufhielt, oben und unten
waren so trefflich vermengt, in eine sanft-kluge Person verliebt, die so tapfer-galant mit der Schere umging!»

«Vielleicht sind wir Männer doch Hampelmänner einer
ominösen Macht.»

Nebel zwängte sich durch das offene Fenster, als ob der Geist
seines Vaters auftrete, um ihn an sein Versprechen zu erinnern: «Mein Sohn, mein Sohn! Gedenkst du der Zusiche-
rung, die du mir auf dem Sterbebett gegeben und damit mein
Sterben angenehm leicht gemacht hast? Wann wirst du dich
endlich zur theologischen Staatsprüfung anmelden? Und wie
weit bist du mit deiner Doktorarbeit vorangeschritten?»

Sören hustete. Sein Atem verschmolz mit dem Nebel. «Ich
bin auf gutem Wege und habe fleißig meine Aufgaben studiert, Vater. Das Ziel ist in Sicht! Bereits nächsten Sommer
werde ich mich den Prüfern stellen!»

Der Geist löste sich in der warmen Stube langsam auf.
Sören näherte sich dem Schreibtisch. Durch die Erbschaft war
er ein vermögender Mann geworden. Das Elternhaus gehörte jetzt ihm. Er hätte sich als Privatier zur Ruhe setzen können, Reisen unternehmen, einen eigenen Salon unterhalten.
Er tat es nicht.

Sören beugte sich über das Buch, las zwei Zeilen: *«Ein*

Christenmensch ist ein freier Herr über alle Dinge und Niemandem untertan. Ein Christenmensch ist ein dienstbarer Knecht aller Dinge und Jedermann untertan.» Er blickte auf.

Darf ich mein Versprechen brechen? Bin ich verpflichtet, mich mit fröhlichem Herzen der Marter des Examens zu unterziehen? Muss ich mir eigenhändig die Daumenschrauben in Gestalt des Kirchenrechts anlegen? Und die Predigtlehre? Sie ist wie ein Streckbrett, das mir meine Nerven herausreißt! Ich werde zum Märtyrer an meinem Geist. Kann dieser Kelch nicht an mir vorübergehen? – Du badest im Selbstmitleid, Sören! Dein Bruder hat es auch geschafft! – Mein Bruder ist ein Buchhalter! Und er ist theologisch überspannt. Aber mit einem Kaffee bei Madame Fousanée könnte ich das Pensum heute vielleicht schultern. – Zunächst sechzig Seiten Luther, dann dreißig Paragraphen Kirchenrecht. Dann hast du dir einen Kaffee verdient. – Aber am Wochenende benötigt mein Geist dringend eine Erfrischung. Ich plane eine kleine Landpartie mit Regine und ihrer Familie. Abends dann ein gemeinsamer Besuch im Theater, anschließend eine Kartenpartie Boston … – Das ist in der Tat eine reiche Belohnung, wenn du es denn geschafft hast, die restlichen Paragraphen des Kirchenrechts zu studieren, die Übersetzung der Johannes-Apokalypse abzuschließen und die jütländische Kirchengeschichte in ihren Quellen zu studieren.

Quellen. Qualen. Man hörte Kierkegaard, wie er den Atem nach einem tiefen Seufzer disziplinierte, sich erneut über das Buch beugte, jedem Satz durch die Augen Einlass gewährte, sorgfältig speicherte und einige kleine gelehrte Anmerkungen machte. Zuerst zwei Stunden Luther. Dann dreißig Paragraphen Kirchenrecht. Zur Muße eine Stunde Ha-

mann-Lektüre. Schließlich zwei Kapitel der Johannes-Apokalypse. Lauter griechische Vokabeln, die man nie benötigte! –
Bravo, Sören! Sehr brav! Weiter so! Nur noch lächerliche vier-
zehn Monate!

Am 3. Juli 1840 legte Sören Kierkegaard seine theologische
Staatsprüfung ab. Drei Tage vor der Prüfung hatte er auf
Knien verhandelt, ob die Prüfung nicht zu umgehen sei. Nach
außen hin wirkte er ruhig. Auch zu Regine kein Wort.

Von der Zensur her war er nur der Viertbeste des Jahr-
gangs – das Ergebnis verletzte etwas seinen Stolz. Zwar
merkten die Zensoren an, seine Abhandlungen zeugten von
größter Reife, doch fehle seinen Arbeiten, was die drei besten
Arbeiten auszeichne: die Fülle theologischen Stoffs.

«Ich habe es geschafft, Vater. Und ich habe dich überlebt.»

Eingebrannter Stolz, der Sören antrieb, der seinen flanieren-
den Schritt mit Energie fütterte, der verhinderte, dass Sören
sich unterwegs von den Echos der Fassaden ablenken ließ,
und der ihm keinen einzigen Blick in die Fensterauslagen seines Schneiders und Buchhändlers gestattete. Heute war er
nicht der ungekrönte Dandy des Kopenhagener Korso, heute
verriet sein Gesicht die Entschlossenheit eines Boten. Geschäftig! Geschäftig! Einige Passanten blieben stehen, arg-
wöhnten vielleicht, ein fremder Geist habe sich in Sörens
Körper verirrt, aber keiner sprach ihn an. Als Gruß erlaubte
sich Sören nur ein dürres Nicken, das alle möglichen Fragen
beantwortete; ja, er habe es sehr eilig, ja, durchaus, sein Gesundheitszustand sei angenehm unauffällig, danke bestens,
auch sein älterer Bruder sei guter Dinge, ja, sein Urlaub in
Jütland habe die Lebensgeister geweckt, danke der Nach-

frage, und ja, das gute Examen erfülle ihn immer noch ein klein wenig mit Stolz.

Seine Zukunft stand auf der Straße.

Regine sog alle Wärme aus der Umgebung auf und gab sie an die Umgebung wieder ab. Sören spürte dieses milde Glühen, als er näher kam. Beinahe wäre seine Entschlossenheit kollabiert, aber seine routinierte Zunge rettete ihn.

«Welch glücklicher Zufall, Fräulein Olsen, Sie hier auf der Straße zu treffen. Neulich, ich hoffe Sie erinnern sich, lieh ich Ihnen ein schmales Buch von Heiberg, und ich konnte tagelang keine Ruhe finden, ob es Sie vielleicht gelangweilt hat und Sie mir gram sind.»

Ein entlastendes Lächeln. «Ich habe es bereits ausgelesen und mich sehr gut unterhalten gefühlt.» Sein Gehirn saugte die Sätze auf wie ein Schwamm. «Leider ist niemand daheim …»

«Dann darf ich vorauseilen, um mögliche Einbrecher durch mein Erscheinen zu verschrecken. Ich verstehe mich auf Schlachten jeder Art.» Gut, Sören!

Sie standen plötzlich allein im Wohnzimmer, fremdelnd wie Kinder, die nach einer langen Sommerfrische nach Hause kommen. Regine setzte sich ans Klavier, probierte einige Anschläge, improvisierte ein wenig, ließ aber dann die Arme sinken. Jetzt, Sören, jetzt!

«Lassen wir für heute die Musik, Fräulein Olsen. Ich bin nicht gekommen, um mich von Ihren Talenten unterhalten zu lassen, sondern weil Sie mich allein durch Ihre Anwesenheit verzaubern.» Sören legte seine rechte Hand auf sein Herz.

Regine errötete, sagte nichts, stand auf und eilte aus dem Zimmer.

«Ich will Sie nicht kompromittieren, deshalb verlasse ich Sie jetzt, bevor eine Bedienstete uns entdeckt, und eile auf direktem Weg zu Ihrem Herrn Vater», rief Sören ihr nach. Er hörte keinen Einspruch.

Den gleichen Weg zurück. Noch immer der entschiedene Auftritt. Die ersten Muskeln meldeten sich besorgt. Er traf den Etatsrat Olsen im Amt an. Ein schlecht gelüftetes Zimmer. Abgenutzte Dielen. Etatsrat Olsen saß im Schatten der Aktenmassive. Rauchwolken kletterten die Berge hoch. Gleich würde es regnen. Sichtbar erschöpft vom Abstieg lehnte Etatsrat Olsen in seinem bestickten Armsessel. Die gleiche Augenpartie wie bei Regine. Das erleichterte Sörens Anliegen. Sörens Stimme klang noch rauer als gewöhnlich, weil auch die Stimmbänder unter so viel Entschiedenheit litten. Etatsrat Olsen hörte ihm, noch immer vor Anstrengung schwitzend, sichtbar wohlwollend zu. Sören bat um eine Unterredung mit Regine. Etatsrat Olsen blätterte in einigen Unterlagen, als würde er Listen darüber führen, wer bei seiner Tochter vorsprechen dürfe. Er bestellte ihn für den nächsten Nachmittag um sechzehn Uhr ein. «Kommen Sie bitte zur angezeigten Stunde. Mein Weib hat später noch andere Geschäfte zu besorgen.»

Es kostete Sören alle Kraft, die Entschiedenheit zu konservieren. Sie welkte bereits leicht, als er am nächsten Tag erschien und endlich Regine gegenübersaß. Vielleicht sprach er deshalb zunächst von seiner Schwermut, die manchmal den Witz niederdrücke. Vielleicht malte er sich selbst in zu düsteren Farben, denn Regine erwähnte plötzlich ihren ehemaligen Lehrer Schlegel, der sich Hoffnungen mache. Mit letzter Anstrengung befeuchtete Sören seine immer stärker

welkende Entschiedenheit, erinnerte sich seiner einstudier-
ten Gesten, kniete vor ihr, sagte: «Lassen wir den Schlegel in
der Küche, liebe Regine. Ich habe die ältesten Ansprüche.»

Sie senkte kurz die Lider und hauchte nur: «Ja.»

Ja bedeutete: Ich will. Ich bin entschieden. Ich nehme den
Antrag an. Du hast gewonnen.

Sören! Du hast gewonnen! Hörst du?

Wie eine Billardkugel flitzte dieses Ja! durch seinen Kopf.
Karambolage!

«Sie dürfen mich konservativ schimpfen, lieber Freund, aber
ich empfinde es doch als großen Verlust, dass heute Stil-
fragen eine so untergeordnete Rolle spielen. Diese Lebens-
beunruhigung, die uns Menschen ergreift, wenn das ewig
Weibliche uns mesmerisiert, lässt sich doch mit sehr viel Takt
und Anstand bestehen, wenn bürgerliche Umgangsformen
zu ihrem Recht kommen.»

«Wie könnte es mir einfallen, Sie konservativ zu schimpfen! Diese Wertungen sind längst aus der Mode. Wenn unsere kleine Plauderei konservativ gezogen wird, dann gründe ich noch heute eine Partei für Causerie. Wir sollten uns
sofort nach Modalitäten erkundigen!»

«Ich hatte vor geraumer Zeit einige Hoffnungen gesetzt in
Menschen, die, so glaubte ich zunächst in meinem spätbür-
gerlichen Leichtsinn, dem ausgemachten Übel der Stillosig-
keit auf Erden begegnen würden, aber sie gaben sich leider
sehr schnell als zweitklassige Psychologen zu erkennen.»

«Sie sprechen mir aus dem Herzen, lieber Thomas. Mir ist
ein tadelloser Psychologe zwar sehr viel angenehmer als ein
schlechter Theologe, aber die Psychologen, die heutigen Ta-

ges hochherzig den Menschen Glück versprechen, sind Handlanger des Mammon, üble Klempnergesellen, Tranfunzeln, Soubretten einer albernen Operette …»

«Halten Sie ein, lieber Sören, und lassen Sie uns sogleich diese erregt-muntere Energie in einen Text umwandeln, der für heutige Ohren unmissverständlich ist.»

«Das fügt sich trefflich, denn ich muss übermorgen liefern und habe bisher noch kein geeignetes Sujet gefunden. Vielleicht gelingt es uns, aus dem Stegreif eine kleine Satire zu entwerfen, die auch bei den gestrengen Herren Redakteuren Gnade findet.»

«Ich werde es an Charakterfestigkeit und Entschlusskraft nicht fehlen lassen. Versprochen, versprochen.»

Makler der
Selbstfindungsodyssee

Was wird die Zukunft bringen?

Glaubt man den warnenden Leitartiklern, dann verkommen wir zu heimatlosen Glücksrittern im Designerharnisch, die von teuren Motivationskünstlern geschult werden!

Was die McKinseys und die Roland Bergers dieser Welt für die Betriebe, das sind die psychologischen Gesundbeter für den überforderten Einzelnen: Die Kraft des Glaubens versetzt Berge, *zitiert der Motivationskünstler Lejeune und meint damit den Glauben an den eigenen Willen. Die real existierende Hölle sieht dann – wenn es erlaubt ist, mich einmal in die Sprache dieser Verführer einzuschleichen – so aus: Eine Gesellschaft von Musterschülern eines Finde-dich-selbst-du-schaffst-es-nichts-ist-unmöglich-Seminars, lauter Rampensäue, Minimaniacs, die ihr eigenes kleines Selbst feiern, Instantseelchen, die den Charme einer Fünfminutenterrine verkochen, Scherenschnitte einer billigen Lejeune-Psychologie, lauter Reprints der Hochglanzbroschüren und lebendig gewordene Download-Phantasien von Selbstfindungs-Crash-Kursen, volkshochschulpromovierte Zenmeister, die sich in die eigene Armbeuge kuscheln und ihren Mief für Weihrauch halten.*

Ich aber fordere: Schulen wir den Lebensstil – und dimmen wir etwas die überhelle Sprache!

Zunächst: Öffnen wir die Archive der Erinnerung. Bieten wir den Alten einen neuen Raum zum sanften und kultivierten Erzählen. Befreien wir die Sören Kierkegaards und Thomas Manns unserer Gegenwart aus dem Altenheimhades!

Sodann: Stärken wir die Brief- und Tagebuchkultur. Proben wir die Schüttelspiele der eigenen Erfahrung – in welchem Medium auch immer.

Schließlich: Lesen. Stil lässt sich auch erlesen. Es gibt positive und negative Helden, die, darf ich pathetisch werden?, zu Geburtshelfern eines stilvollen und damit glücklichen Lebens werden können.

Zwei kleine Vorschläge: Man schmökere einmal wieder in den Buddenbrooks *oder studiere – allerdings nur für sehr geübte Leser zu empfehlen, die die fein-herbe Ironie des Textes verstehen –* Das Tagebuch des Verführers.

Victor Emeritus

Rücktritte
und eine kühne Maskerade

«Es geht ein warmer Sausewind, Sören. Und Sie haben einen energisch-flotten Schritt. Dieses Maß an körperlicher Bewegung bei der Gedankenarbeit bin ich gar nicht gewohnt. Lassen Sie uns hier ein wenig rasten, obwohl ich im Schatten Ihrer zarten Schulterblätter kaum transpiriere.»

«Ich habe Angst, mir eine grimmige Erkältung zuzuziehen, Tommy, wenn wir uns nicht ein wenig bewegen.»

«Bis zum nächsten Strandbad ist es noch über eine Stunde Fußmarsch, und zur Mittagszeit residiert dort meistens Theodor Wiesengrund Adorno. Er erzählt immer so bedrückend Gescheites. Und wenn man Teddie den kleinen Finger gibt, stürzt er ans Klavier, und wenn uns dann kein Hustenanfall zu Hilfe kommt, spielt er bis zum Kaffee unsere Gehörnerven wund. Ich bin von seinem Anschlag nicht angetan. Selbst die luzidesten Partien werden bei ihm verschattet. Und hinterher erklärt er mir dann zum hunderttausendsten Mal die Zwölftonmusik. Nach dem dritten Likör verliert er seine gerühmte Höflichkeit und fängt prompt an zu zetern, mein *Doktor Faustus* gehe doch auf seine Intuition zurück; ich sei ein kleiner gemeiner Dieb, hätte immer alles geklaut und alle Menschen nur ausgebeutet ...»

«Der Theodor, der Theodor, der steht bei uns im Fußballtor.»

«Köstlich, Ihr Humor! Wir bleiben also zunächst hier? Schön. Für mich hätte es einen gewissen Reiz, wenn wir uns

– ohne Hektik natürlich – entschließen könnten, mit dem Sand hier vor unseren Füßen, wie sagt man heute, ‹kreativ› zu verfahren.»

«Sie meinen …»

«Steht nicht geschrieben: Wenn ihr nicht werdet wie die Kinder?»

«Sie glückliches Kind. Es wird den *Junior* freuen, und was kümmert uns schon unser Ruf. Und was schwebt Ihnen vor? Sollen wir einfache Sandkuchen backen?»

«Natürlich nicht. Sie werden lachen – das Holstentor.»

«Ich lache nicht, ich lache nicht. Man sollte alle irdischen Baumeister darauf verpflichten, ihre Modelle in Sand zu entwerfen, dann würden die wenigsten Entwürfe realisiert. Alle Hässlichkeiten der Postmoderne hätten keine Chance gehabt, gebaut zu werden. Könnten Sie Prinz Charles nicht entsprechend instruieren?»

«Noch heute, mein Lieber. Noch heute.»

«Wenn Sie sich kurz zwei Eimerchen und Schäufelchen wünschen, schiebe ich schon etwas Sand zusammen.»

«Ich kremple mir eilig die Hosen um, Tommy, dann bin ich in richtiger Laune. Aber Sie müssen mir versprechen, gleich eine kleine Skizze des Holstentors in den Sand zu zeichnen. Ich bin mir bei den Proportionen nicht ganz sicher. Zieren zwei Türmchen das Tor? Wie war es noch gleich?»

«Schauen Sie: Zwei gedrungene Türme, in der Mitte das Tor mit gezacktem Aufbau.»

«Mein Gott, Tommy, das ist beeindruckend. Sie haben eine wahrhaftige Doppelbegabung. Wie neide ich Ihnen diese vielen Talente. Sie sind ein *Zauberer*!»

«Unsinn, ich habe die Skizze doch nur so hingeworfen.»

«Darin zeigt sich das Genie. Ich kann nicht einmal ein Rad zeichnen. Und auch im Plastischen bin ich Ihnen wahrscheinlich keine große Hilfe. Ich liebe es, im Sand zu graben, aber Talent, nein, Talent habe ich keines.»

«Gehen Sie mir einfach zur Hand, Sören Aabye. Ihre Lebensgeschichte verrät doch so viel Mut und Tatkraft. Nach den desaströsen Erfahrungen mit dieser bizarren Dame hat Sie Gott sei Dank die Verliebtheit doch noch in Gestalt der adretten Regine Olsen erreicht. Sie hatten eine wirkliche Regierungskrise in Ihrem Innern – etwas energischer den Sand festklopfen und mit dem kleinen Gießkännchen besprengen, sehr schön –, also die inneren Konflikte ahne ich natürlich: Künstler oder Bürger, entweder-oder! Wie in meiner kleinen Novelle *Tonio Kröger*! Übrigens einer meiner Lieblingstexte. Kennen Sie die schmale, beim Publikum übrigens sehr beliebte Arbeit?»

«Soll ich hier noch stärker ausbuchten?»

«Das reicht, das reicht, mein Lieber. Wie gesagt: Ich kann mir sehr lebhaft den Konflikt ausmalen. Sie müssen allerdings zunächst euphorisch gestimmt gewesen sein, wenn ich mich an vergleichbare Episoden erinnere.»

«Und wie. Die Schreibfeder, Taktstock meiner Seele, tanzte auf dem Papier …»

Die Schreibfeder, Taktstock seiner Seele, tanzte auf dem Papier seines Tagebuchs, fettes Bütten, begierig Tinte aufsaugend wie eine Verdurstende, weil Sören tagelang sein Tagebuch vernachlässigt hatte, allenfalls halbstündig über es gebeugt saß, schlechten Atem verströmend, ein, zwei, höchstens drei Sätze sich abrang, dabei mit ungehörigem Druck die

Buchstaben hineinritzte, als wolle er die Seiten tätowieren mit obszönen Bildern aus einer Matrosenspelunke, Fratzen stiller Verzweiflung, Karikaturen seiner Schwermut. Das Papier blutete, zog sich zusammen, versuchte sich zu schützen, aber die Feder kannte während dieser Tage kein Pardon.

Wie verändert er heute war! Ganz zart lag die Feder zwischen den schlanken Fingern gebettet, reagierte auf den leichtesten Druck. Das Papier entspannte sich sofort und strahlte ihn versöhnt an. Seine Augen, sie funkelten, die Ohren, rot vor Begeisterung, der Mund, er bebte vor Kraft! Wie sicher und doch empfindsam streichelte die Feder das Papier. Diese noble Eleganz der Schwünge, diese himmlische Leichtigkeit!

Sören glaubte mit jeder Zeile, die er über das Papier schwebte, höher zu steigen. Tollkühne Dialektik! Obwohl er mit jeder Zeile auf dem Blatt hinabstieg, kletterte sein Geist auf den Sprossen dieser Himmelsleiter höher, die Schwermut unter sich zurücklassend, dem Käfig väterlicher Erbschaft entflohen: Papageno, Papageno, Papageno.

Jetzt! Jetzt berührte er bereits die Wolken, die ihm kurz die Orientierung kosteten; weiter, Sören, weiter, du schaffst es!, noch eine Zeile, noch eine Sprosse, und noch eine. Er genoss in vollen Zügen die gestrige Szene! Wie er vor ihr gekniet hatte, die rechte Hand auf dem Herzen, von unten in ihr glühendes Gesicht blickend, das Zittern der Wimpern, der göttlich kleine Leberfleck auf der Wange, er, bebend vor Angst. Zunächst hatte ihn der zarte Hauch, der Bote des Geistes, erreicht, dann erst war das Wort an sein Ohr gedrungen – Ja!, dieses jungfräulich zarte Ja! –, unendlich verschieden von dem tierischen Gekicher, das ihn vor Jahren erschrecken ließ. Welche Innigkeit im Blick! Sie hatte sich ihm dargeboten, schenkte sich ihm, anrührender, als er es bisher im Theater hatte erleben dürfen.

Jede seiner Gesten hatte er penibel eingeübt, seinen Auftritt aus vielen Theaterinszenierungen choreographiert, aber dann war er schier überwältigt worden von der Grazie, mit der Regine ihre Rolle ausfüllte. In jenem Augenblick war Kunst und Leben glücklich vereint gewesen! Jetzt, da Sören den Genuss in schwellenden Bildern wiederholte, traten ihm Tränen in die Augen, und er klatschte leicht affektiert, weil er das gehauchte Ja! auf seinen Wangen spürte, dabei nicht registrierte, dass er einige kleine Tropfen schwarzer Tinte aufs Papier regnen ließ. Auch das Tagebuch empörte sich nicht, saugte die Tropfen auf und schwieg.

Obwohl er die Szenen in seinem Kopf immer wieder aufführte, nutzten sie sich nicht ab. Im literarischen Nachspiel genoss er noch einmal die Werbungsszenerie in vollen Zügen. Er genoss persönlich das Ästhetische und genoss ästhetisch seine Persönlichkeit. Hatte nicht er, Sören Aabye Kierkegaard, das Beste in ihr entwickelt, ihre Weiblichkeit, ihr *Sein für anderes*? Und musste er im Gegenzug nicht ihr dankbar sein? Bestand ihr Sein für anderes nicht darin, ihn zum Dichter zu entbinden?

Aber konnte man Dichter und zugleich Ehemann sein?

Seine Feder erreichte den unteren rechten Rand des Blattes. Er spürte die scharfe Kante der Seite. Ganz langsam stieg er wieder ab, beglückwünschte sich auf halbem Weg nochmals zum Entschluss, sich zu verloben; dann entfuhr ihm bereits der erste Seufzer, er spürte den Boden unter seinen Füßen, die Tränen versiegten, die Erde hatte ihn wieder.

Was stand im zweiten Akt? Er hatte den Text vergessen. Und hier war kein Souffleur, der ihm vorsagte, wie es weiterging.

Reflektiersüchtig.

Sören lieh sich die gute Laune von der Natur, als Regine den Wunsch nach einer Landpartie äußerte. Er dirigierte die Sonne, um die Bilderflut in seinem Kopf einzudämmen, bis eine Furt sichtbar wurde, durch die er hindurchwatete. Schnell erreichte er die Wiesen, eng geknüpfte Teppiche aus goldenen Blumen, ein Abglanz der Herrlichkeit.

Man erkannte, wie in der Ferne Regine über die Wiese rannte, wie sie den Hut mit beiden Händen festhielt, als trage sie ein Gewicht auf dem Kopf, dicht hinter ihr Sören, seinen Spazierstock in Händen haltend, als ob er eine Diebin verfolge. (Wie lange hatte er überlegt, ob es statthaft sei, den Stock auf der Landpartie zu Hause zu lassen.) Jetzt tauchte hinter einer Linde der Etatsrat Olsen auf, bebend vor Lachen; er sagte etwas zu seiner Frau, die, offensichtlich vom Baum verdeckt, das Picknick vorbereitete.

Sören war ein Genie! Wie alle Süchtigen war er ein Genie. Er zwängte seine Unruhe in das Korsett der Konzentriertheit, lachte mit Nachdruck ausgelassen, bis der Schmerz der Schwermut irritiert verstummte, zog alle Sonnenstrahlen auf sich, bis das gestockte Blut dünnflüssig wurde, teilte dann Fröhlichkeit aus wie Brot. «In Frankreich wird man uns heute zürnen oder zumindest gekränkt sein, weil wir die Sonne für unsere kleine Ausfahrt umgeleitet haben. Und wenn der verehrte Herr Etatsrat jetzt auch noch die auf Flaschen gezogene Sonne freilässt, und wenn die gnädige Frau Etatsrat den Laib

Brot anschneidet, dürfen wir anstoßen mit dem Satz: Leben wie Gott in Dänemark. Prosit.»

Zumindest für Augenblicke erlebte Sören, überwältigt vom eigenen eisernen Willen, die Magie des Augenblicks, sog in vollen Zügen den Geruch von Regines Atem ein, schnitt mit den Augen die Silhouette ihres dünnen Körpers aus, eroberte wie zufällig die Fingerkuppen ihrer schmalen weißen Hand. Regine lachte übermütig, ein wenig Wein schwappte über den Rand ihres Glases und befleckte ihr neues Kleid mit den rosa Atlasschleifen. Ritterlich tupfte Sören mit einem Taschentuch den Flecken weg. Ihre Mutter rief nach Salz.

Für Sekunden nur verharrte Sören, aber diese Zeit reichte aus, um den Dämon der Reflexion, der in einer abgedunkelten Ecke des Gehirns kauerte, zu ermuntern. Eine schnelle Dämmerung zog in Sören Gesicht auf. Der Dämon ließ sich auch nicht vertreiben, als Sören eine Prise Salz auf Regines Kleid streute. Kann ich es mit meinem Gewissen verantworten, dieses reine Geschöpf mit meiner Schwermut zu belasten? Darf ich diese kindliche Unschuld überschatten? Gleichen sich nicht, wie ich neulich wieder gelesen habe, Eheleute mit den Jahren einander an? Wird also das Lachen im Streckbett der Ehe in Seufzer münden? Darf ich wirklich so selbstherrlich sein und Regines Zukunft mit einem schwarzen Schleier verhüllen, als sei sie ab dem Tag unserer Hochzeit bereits eine Witwe? Darf ich sie kreuzigen mit meiner Schuld, die ich als Mitgift mit in die Ehe bringe? Darf ich? Darf ich? Darf ich?

Auf Regines Gesicht zeigte sich eine Spur Irritation, weil sie Sörens Gesichtsausdruck deutete, als wäre er über ihr Missgeschick verärgert. Die Mutter rieb zunehmend hysterischer an dem Flecken herum. Sören, kalmiere dich!

«Sei nicht traurig, liebste Regine. Die Frucht des Weinstocks adelt jeden Stoff. In Frankreich werden die teuersten Stoffe mit Rotwein eingefärbt. Damen der höchsten Stände tragen an Festtagen ein Tuch aus weingefärbter Seide: das *étole rouge*!» Dann nahm er sein seidenes Einstecktuch, tunkte es in sein Glas und legte es in die Sonne zum Trocknen. «Vielleicht, meine Liebe, gelingt es uns, dieses Fest und diese Mode zu übernehmen. Machen wir damit einen vorsichtigen Anfang!»

Regine lächelte glücklich. Die Frau Etatsrat musste sich sehr beherrschen, um Sören nicht um den Hals zu fallen. «*Étole rouge*», bemerkte der Etatsrat schmunzelnd. «So adeln wir uns also selbst. Prosit.»

Sören nahm einen tiefen Schluck, um seine Sucht in Rotwein zu ersäufen. Darf ich dieses Mädchen meinen Wünschen opfern? Darf ich …

Es war alles so verwickelt.

Wenn die Dunkelheit die Farben auswusch, saß Sören in der parfümierten Höhle der Nacht. Keine Gedankenkometen spendeten Licht. Er verhedderte sich in seinen Nervensträngen, fiel der Länge nach hin, versuchte unbeholfen sich zu befreien, zerrte, riss, biss, strampelte wie ein Kleinkind, blieb dann erschöpft liegen, stellte sich tot, spürte die Leichenstarre, gammliger Geruch nach Algen und verfaultem Wasser in der Nase. Er erschrak über den eigenen Gestank, raffte sich wieder auf, reparierte wie eine Netzflickerin die maroden und malträtierten Nervenbahnen. Zuckungen gehörten zu seinem Schlaf. Sein Körper suchte Widerstände, um sich daran zu reiben und sich zu spüren, spähte im Schlummer nach Kuschelstellen, den warmen oder schwitzigen Rücken des Bruders, aber er schürfte sich nur die eigene Wirbelsäule wund.

Er schlurfte im Traum durch das mächtige, verwaiste Haus seines Vaters, schnupperte in den Ritzen; seine Nase fahndete nach verkümmerten Gerüchen, ein überzüchteter Schweißhund, der dauernd die Spur verlor. Sein Vater löste sich weiter auf, wurde täglich von seiner Köchin hinausgelüftet, wurde zum geruchslosen Geist. Hier, in diesem Sofakissen überwinterte noch alter Tabakgeruch, Schweißflecken auf den Seiten eines Buches von Grundtvig, abgeschabter Fußboden unter dem Essensstuhl – mit Öl Schicht für Schicht versiegelt –, der leicht säuerliche Geruch, der sich in seines Vaters Schlafkammer hielt; erdiger Duft, der sich an die Hosenbeine klammerte, klammerte, klammerte – noch im Halbschlaf meldete sich die Reflektiersucht. Ich übertrage meine Schuld vom Vater auf Regine, stöhnte Sören; sein Atem stockte, sein Witz rang mit der Schwermut. Ich bin ein Liebhaber mit einem Holzbein, der keinen Schritt machen kann, ohne zu reflektieren und daran erinnert zu werden. Kurz kicherte er im Schlaf über seinen Einfall, dann erstarb sein Humor. Ich mache mich schuldig, nuschelte er, ich verlängere die Schuld meines Vaters, ich habe mich wie ein schlechter Verkäufer verhalten, der das Haus, das zum Verkauf ansteht, über alle Gebühr lobt: Darf ich Sie aufmerksam machen auf die in bestem Tischlerhandwerk gefertigte Eingangstür mit dem löwenköpfigen Klopfer? Begutachten Sie die tadellos erhaltenen Traufen! Das Dach wurde vor zwei Jahren neu gedeckt! Die kühle Speisekammer im Inneren macht das Leben für die Damen im Sommer angenehm leicht!

Um diesen stattlichen, gut ziehenden Kamin wird man Sie in der ganzen Stadt beneiden. Nur *en passant* gesagt: Die Treppe wurde während der Renovierung aufgearbeitet. Eine kleine Laube – darf ich vorgehen? – schließt sich im rückwärtigen Teil direkt an das Bibliothekszimmer an und gewährt noch schöne Stunden im Herbst und erste angenehme Tage im Frühjahr. Der nicht unbedeutende Ziergarten wird von Schatten spendenden Fichten eingefasst, herrlich, nicht wahr? Jetzt heißt es zugreifen, so ein nobles Objekt steht nicht lange zum Verkauf; andere Bewerber sind sehr interessiert, aber ich lassen Ihnen natürlich den Vortritt, kurz: ein Angebot, das man nicht ausschlagen sollte! Dann der Handschlag, der Verkäufer nickt ergeben, schon kommen die Möbelpacker, die kleine Feier zum Einzug, aber eher zufällig entdeckt der Hausherr im Keller hinter alten Kisten einen Schwamm, ertastet auch im Parterre eine verräterische Feuchtigkeit, die nach einigen Wochen grün ausflockt und nach Monaten den Raum erobert, von den Möbeln Besitz ergreift und das Klima verdirbt. Die jüngste Tochter hustet seit Wochen und wird auf eine Kur geschickt. Inzwischen zieht der Hausvater den Verkäufer einen Gauner, aber der Gauner ist über alle Berge. Nach Verkauf verreist.

So wird es auch mir ergehen, nuschelte Sören, auch mich wird Regine nach Jahren einen Gauner schimpfen, nachdem der Schimmel unsere Ehe vergiftet hat! Sören fuhr aus seinem leichten Schlaf hoch. Er schleppte sich mit Mühe zum Abort. Seine Nervenbahnen schlangen sich um seinen Hals und würgten ihn. Sören erbrach grünes Gift.

Es war alles so verwickelt.

Regine, Regine. Ich bin ein Liebhaber mit zwei Holzbeinen.

Seit Monaten dieser Ringkampf.

Regine war nicht die richtige Gegnerin. Sie schlug beinahe nie zurück. Verhielt sich wie die Ehefrau eines Trunkenboldes, die nach außen hin die heile Welt mimt und die Fassade putzt. Die glückliche Verlobte. Dritte sangen das hohe Lied der Liebe, wenn sie Regine und Sören in aller Öffentlichkeit ungezwungen Zärtlichkeiten austauschen sahen. Aber sobald sie allein waren, fing Sören zunächst noch verhohlen, dann immer offensichtlicher an, seine Zweifel durchzuspielen. Sie entwickelten eine Geheimsprache der Ehereflexion, die sie neuerdings auch in Gesellschaft unbemerkt einstreuten. Regine lachte dann leicht hysterisch. Andere, sogar der Freund Emil Boesen, hielt es für eine höhere Stufe der Ironie. Nur einmal, als Sören aus einer guten Laune heraus betonte, Gefühle könnten stumpf werden, antwortete Regine nüchtern: «Wenn du aus Gewohnheit kommst, dann gebe ich dir den Laufpass …»

«Liebster Aabye, das war doch ein Wink, sich zu erheben! Geben Sie zu, moralische Skrupel ließen Sie verharren! Noch etwas Wasser an dieser Stelle, Aabye, sonst stürzt der Turm in sich zusammen. Etwas energischer festklopfen. Danke. Oder waren es die Reißzwecken der Eitelkeiten, die die Chance ungenutzt ließen? Gestehen Sie, mein Bester! Vielleicht sollten Sie eine Stilkunde für Entlobungen schreiben.»

«Ich darf doch sehr bitten.»

«Perfekt. Erledigt.»

Sören ergriff die Chance nicht, die sich ihm hier bot, sondern reagierte beleidigt, wollte getröstet werden, erwähnte seine

Schwermut, die sie nicht tragen könne, die wie ein Schatten auf ihr lasten werde. Regine schüttelte energisch den Kopf, als wolle sie die Nüchternheit von sich abwerfen, schlüpfte zurück in die Rolle der Krankenschwester, der Ärztin, der Allesversteherin. Jetzt glaubte sie wieder, Sören heilen zu können, kniete sich vor ihn hin, überhäufte ihn mit Liebesbeweisen, schwor ewige Liebe. Diese Schwüre waren wie Nervengift. Prompt kehrte die Sucht zurück.

«Liebe Regine, glaubst du, dass man in der Ehe immer aufrichtig sein muss?»

«Mich erstaunt diese Frage. Die Antwort scheint doch offensichtlich!»

«Wer sich für die Ehe entscheidet, darf also kein Geheimnis bewahren, auch kein kleines Histörchen?»

«In der Ehe muss man Gutes und Schweres teilen. Geteiltes Leid ist halbes Leid.»

Mit dieser Mathematik war Sören nicht einverstanden. Er bewegte unmerklich den Kopf. Aber Regine hatte in einer Hinsicht Recht. Geheimnisse passten nicht zu einem Bund, der im Angesicht Gottes geschlossen wurde. Aber durfte er dieses Geheimnis offenbaren: Sein Vater – ein Gottesflucher und Frauenschänder! Sören schlug die Hände vors Gesicht. Regine nahm seinen Kopf in ihre Hände und küsste ihn auf das Haar. Aber sie war kein Heiland. Sie war eine junge, zerbrechliche Frau. Er durfte sie nicht an dem Pfahl in seinem Fleisch kreuzigen. Vergib mir, denn ich weiß, was ich tue.

Vier Wochen noch rang Sören mit der Entscheidung, dann schickte er ihr den Ring zurück:

«Meine Regine!

*Um nicht noch des Öfteren die Probe auf etwas zu machen, das
doch geschehen muss, und das, wenn es geschehen ist, wohl
Kräfte, so wie sie nötig sind, geben wird: so lass es geschehen
sein. Vergiss vor allem den, der dies hier schreibt; vergib einem
Menschen, obgleich er etwas vermochte, doch nicht vermochte,
ein Mädchen glücklich zu machen. Eine Seidenschnur senden
bedeutet im Osten Todesstrafe für den Empfänger; einen Ring
senden, wird hier wahrlich zur Todesstrafe für den, der ihn
sendet. S. K.»*

Der Ringkampf schien entschieden. Regine blieb allein in der
Ausnüchterungszelle zurück.

Er las Oehlenschlägers Märchendrama *Aladin*, dann noch
eine Komödie von Heiberg, die mit so viel Humor gewürzt
war, dass seine Reflektiersucht für Stunden zur Ruhe kam.
Dann wurde seine Laune geblendet. Es klopfte. Sören erschrak. Gestern hatte Regine ihn aufgesucht, nur den Diener
angetroffen und ein Billett hinterlassen, in dem sie ihn «im Namen Christi und beim Andenken an den verstorbenen Herrn
Vater» anflehte, sie nicht zu verlassen.

Mit Furcht und Zittern öffnete er. Unangemeldet stand
Etatsrat Olsen vor der Tür, betont würdevoll – ungedruckte
Quellen behaupten, Terkild Olsen habe sogar einen Orden
angelegt –, im besten Rock, gewichste Schuhe; Blitze zuckten
aus den sonst heiteren Augen. Zu spät senkte Sören die Lider. Die Hornhaut war bereits angesengt.

«Darf ich Ihnen kurz meine Aufwartung machen?»

Nahezu erblindet bat Sören den Etatsrat herein. Unsicher

ertasteten die Füße den Weg ins Wohnzimmer. Auf Etatsrat Olsen wirkte der Gang überreizt, beinahe tänzelnd.

«Ich bin auf einen Besuch nicht vorbereitet, Herr Etatsrat. Meine Dienerschaft ist außer Haus. Meine Vorräte beschränken sich auf meinen Weinkeller.» Die Arroganz misslang Sören. Er hatte bisher geglaubt, im Haus seines Vaters unangreifbar zu sein, den Kanon der angelernten souveränen Gesten fehlerfrei anwenden zu können. Aber auf eine Heimsuchung durch den Etatsrat Olsen konnte er nicht angemessen reagieren. «Vielleicht habe ich noch irgendwo einen Tropfen Champagner kalt gestellt – aber ich befürchte, das Eis dürfte die letzte Nacht nicht überdauert haben.» Auch dieser Satz zerschellte. Seine Sprache ging in Scherben.

«Ich bin, wie Sie sich denken können, nicht gekommen, um mit Ihnen anzustoßen.» Und wieder das Blitzen in den Augen. Und wieder schloss Sören zu spät die Lider. Jetzt quälte sich auch noch die Sonne durchs Fenster und strahlte ihn an.

«Womit kann ich dienen?» Die Frage wirkte, als habe sich Sören im Text verirrt. Er verbeugte sich, als würde er von einem unsichtbaren Magneten gesteuert.

«Ich halte Sie für überspannt, Herr Magister Kierkegaard. So spielt man nicht mit meiner Tochter. Überdenken Sie den Schritt. Ich beschwöre Sie. Ihr Vater hatte einen guten Ruf in dieser Stadt. Treten Sie diesen Ruf nicht in den Dreck.» Die Stimme verriet übermenschliche Kraft. Eher ein Befehl als eine Bitte.

Sören stand noch immer gebeugt, wartete, ob nicht die Blendung nachließe. Schwarze Kreise tanzten vor den Augen. Schwören. Schwören. Wie die Tochter so der Vater. Nein! Er konnte keinen Eid leisten. Wer einen Eid leistete, durfte nicht die Wahrheit verschweigen. Aber er konnte und durfte die Wahrheit nicht sagen, wollte er nicht zum Verräter an seinem Vater werden. Er war nicht der Judas seines Vaters. Dabei wäre die Lösung so charmant einfach gewesen. Welcher Schwiegervater wünschte sich ernsthaft für seine Tochter einen Schwiegersohn, dessen Vater ein Gottesflucher und Frauenschänder war?

«Ich habe Angst um meine Tochter. Sie könnte sich ein Leid antun.»

Angst, Sören! Der Mann sprach plötzlich von Angst!

Sören blinzelte. Das Strahlen war schwächer geworden. Konnte er mit dem Gedanken leben, dass Regine ein Opfer seiner Vatertreue wurde? Musste er dieses Opfer wirklich bringen? Sollte die einzige Frau, die er von ganzem Herzen liebte, auf dem Altar der Verschwiegenheit dargeboten werden? Wo war der Widder, der sich regte? Gab es eine absolute Pflicht gegen den Vater? War Sören der Sohn dieses Glaubens? Mein Gott, mein Gott, warum hast du mich verlassen?

Sören nickte. Kurze Zeit später hörte er, wie der Riegel der Eingangstür mit Schwung in die Fassung schnappte.

Sörens Augenlicht kehrte zurück. Aber sein Gemüt war stockfinster.

Am nächsten Tag besuchte er Regine. «Gib auf, du kannst es nicht aushalten.»

«Ich kann kämpfen wie eine Löwin.»

Anhaltende Liebe. Darum ging es.

Der Wind rüttelte kurz an seinem Fenster, als sei ein riesiger Vogel vorbeigeflogen. Draußen spielten Kinder. Ihr feinkörniges Lachen tastete sich langsam nach oben, kroch durch die Ritzen, rieselte ein ins linke Ohr; Treibsand jetzt in seinem Kopf, der ihn den Raum fliehen ließ, aber die Wüste nahm er mit. Hier, an diesem sehr kalten Septembertag 1841, trug ein Mensch namens Sören Aabye Kierkegaard die Wüste durch die Prachtstraße Kopenhagens. Und niemand bemerkte es. Beinahe niemand. Sören trat plötzlich auf einen Gegenstand, taumelte, fing sich aber wieder. Er blickte in ein zunächst erschrockenes, dann kicherndes Gesicht, sah wie ein Junge den Kreisel vor seinen Füßen aufnahm, in Drehbewegung versetzte und mit der Peitsche vorantrieb. Zwei lärmende Jungen folgten ihm. Noch in der Ferne das Peitschenknallen.

Und Sören deutete diesen kleinen Zwischenfall auf dem Trottoir. Gott wollte ihn schonen. Schmiedete andere Pläne. Sören sollte nicht leiden an der Schwermut, die er seinen Kindern vererben würde. Gott war ein gütiger Gott, hatte selbst genug gelitten und mit David über den Tod Absaloms geweint und seinen eigenen Sohn am Kreuz verloren.

Sören durfte sich von Regine zurückziehen, sofern er denn die Schuld ganz auf sich nahm. Das war der Handel. Aus Liebe zu Regine (und zu seinem Vater) musste er seine große Liebe verraten. Das war der Preis. (Diese Liebe wurde in den nächsten Jahren nicht kleiner. Im Gegenteil. Sie wuchs zu einem Monument in seinem Innern – nachdem er endgültig mit ihr gebrochen hatte.)

Um ihr den Bruch leicht zu machen, spielte er Theater. Er spielte seine Rolle großartig. Monatelang hatte er den Schneider nicht aufgesucht («Ich dachte bereits, Sie seien mir gram!»), jetzt wurde er wieder Stammgast, panzerte sich mit extravaganten Stoffen, ging noch häufiger als gewöhnlich ins Theater, traf sich mit dem Debattierclub, schloss eine kurzzeitige Allianz mit Möller – Zeugen, die ungenannt bleiben wollten, behaupteten, er habe wiederholt in diesen Wochen das zweifelhafte Etablissement aufgesucht –, überstand quasi nebenbei, auch dies eine großartige Schauspielerei, die Verteidigung seiner Dissertation; dann endlich, nach mehrwöchiger Spielzeit, standen die letzten großen Auftritte auf dem Programm.

Erster Auftritt.
Sören stützt sich betont arrogant auf seinen Stock und blickt blasiert aus dem Fenster. (Laut.) «Du legst mir Ketten um den Hals, meine Liebe. Steckst mich mit deinen Sentimentalitäten an. Gib mich endlich frei.»

Sie, auf Knien, flehend: «Verlass mich nicht. Du zerstörst mich.»

Er, noch lauter: «Ich habe mich entschieden. Ich werde Schriftsteller. Künstler und Ehemann in einer Person, das kann nicht gehen. Und jetzt genug. Es ist alles zwischen uns gesagt. Du entschuldigst mich, aber ich muss ins Theater aufbrechen.» Sören geht ab. Regine untröstlich. Leidet.

Zwischenspiel im Theater.
In der Pause sucht ihn der Etatsrat noch einmal auf, bittet ihn inständig, nicht mit Regine zu brechen. Sören begleitet den Etatsrat. Man isst zu Abend. Gedrückte Stimmung.

Finaler Auftritt im Zimmer.
Sören und Regine allein. Nebenan die Eltern hoffend und bangend.

Regine. Eine kindliche, beinahe brechende Stimme: «Willst du niemals heiraten?»

Sören (mit frivolem Unterton): «Doch, in zehn Jahren, wenn ich mir die Hörner abgestoßen habe, muss ich ein junges Mädchen haben, um mich zu verjüngen.»

Regine, kopfschüttelnd: «Verzeih mir, was ich dir angetan habe.»

Sören. (Mühsam überspielte Rührung.) «Eher sollte ich dich wohl um Verzeihung bitten.»

Regine: «Küss mich.»

Sören küsst sie betont leidenschaftslos. Geht ab.

Sören verbringt die Nacht weinend in seinem Zimmer.

Eine anhaltende Liebe.

Darum ging es.

Emil und die Detektive.

Der Stadtklatsch schlug über Sören zusammen. Die Neuigkeit machte schnell die Runde. Sören war nicht der Erste, der sich in Kopenhagen entlobte; das nicht, aber das Publikum, erpicht auf jedes bürgerliche Trauerspiel, erwartete das Ritual öffentlicher Zerknirschung. Man schalt Sören herzlos, und Andersen nannte ihn marmorkalt.

Die Gebildeten wünschten sich, frei nach Platon, er möge sich in der Gewissenshöhle anketten und das Tageslicht vergessen. Es gab etliche, die sich anboten, die Schmiedearbeiten zu übernehmen. Professor Sibbern schalt ihn einen Ironiker im schlechtesten Sinne. Auf den Bällen überall Gesichter wie öffentliche Anklagen. Aber Sören verteidigte sich nicht, schien unbeeindruckt.

Vertreter der Masse, die ihn immer neugierig beäugt hatten, blieben jetzt stehen, tuschelten, zerrissen sich ihre Schandmäuler! Sören konnte ihre Gesten und ihre Mimik erahnen, wenn er, noch dandyhafter gekleidet als sonst, über den Strög an ihnen vorbeiflanierte. Einer soll ihn sogar geschubst haben. Niemand ahnte, dass er dieses Spießrutenlaufen wie eine private Form der Exerzitien auf sich nahm. Er akzeptierte ohne zu murren die Scharfrichter, die an jeder Ecke auftauchten. Die Empörung war echt, die Abfälligkeit, aber auch die Beruhigung, dass sie sich, bei Licht betrachtet, nicht getäuscht hatten in diesen Gaukler, Blender, Dämlack. Und einige Männer waren froh, von ihren Frauen nicht mehr mit Kierkegaard verglichen zu werden. Wenn es in diesen Wochen einen großen Verlierer gab, dann den Schneider vom Markt.

Regine verhielt sich, wie es das Publikum erwartete. Sie trug Schwarz. Die Farbe unterstrich ihre Blässe. Ein Taschentuch war ihr intimer Begleiter. Von Zeit zu Zeit bebte ihr Körper, als würde ihre Seele im Körper umherwandern und nach Ausbruchstellen fahnden. Von Freundinnen wurde sie eingesponnen wie in einen Kokon. Verlobungsschuft, hörte man, Verräter. Der Etatsrat erlitt einen Schwächeanfall. Man verabreichte ihm Kalomel. Mutter Olsen war untröstlich. Natürlich wegen ihrer Tochter, aber auch ein klein wenig, weil sie schon jetzt Sörens Witz vermisste.

Dann gab es die Konservativen. Durfte man bitteschön daran erinnern, dass der feine Herr Theologe war? Gab es nicht im christlichen Sprachgebrauch einen Begriff, der diesen Lebenswandel angemessen beschrieb? Einige erwogen einen förmlichen Ausschluss vom Abendmahl. Andere beließen es bei Gebetskreisen für den sichtbar gefallenen Bruder im Herrn.

Blieben die Freunde. «Respekt», raunte Möller, «du lernst

erstaunlich schnell.» Nur sein Jugendfreund Emil Boesen ahnte die Hintergründe. Ihre Freundschaft hatte die ältesten Rechte. Emil wusste um Sörens Überspanntheit, seine stets entzündete Sensibilität. Emil hatte Einblicke in seine rätselhafte Familie, und glaubte deshalb nicht an Sörens Unreife. Sören konnte es in seiner Gegenwart bei Andeutungen belassen – mein Vater, Emil, mein Vater! –, und seine Haut spannte sich dabei wie dünne Seide. Er verkroch sich in Emils Schatten, entgrenzte für Augenblicke sein Selbst, bloßliegende Nervenstränge, die Emil mit beruhigenden Worten verband. Dann schickte Emil Sören auf Reisen. «Verreise nach Berlin, Sören, wie du es dir vorgenommen hast. Nimm dort Logis und setze deine Studien an anderem Ort fort. Hier kannst du nicht dauern, das überlebst du nicht!»

Zaghafter Widerspruch: «Regine, Emil! Wahrscheinlich wird sich ihr Gesundheitszustand arg verschlechtern, und dann kann ich ihr, wenn ich im fernen Berlin weile, nicht beistehen.»

«Ich werde mit Argusaugen darauf achten, ob es ihr wohl ergeht. Du hast darauf mein Wort, Sören! Ich hinterbringe dir jedes Gerücht Regine betreffend.»

«Schau gelegentlich in der Konditorei vorbei, dort triffst du sie, aber lass dir nichts anmerken, verstell dich! Kundschafte aus, wie es ihr geht. Und wenn du nur ein Gerücht vernimmst, es gehe ihr schlechter, dann eile ich zurück. Emil, hörst du!»

Emil, der gute Emil, besaß Talente auch zum Detektiv.

«Ritterlich, Don Kierkegaard. Ich will durchaus nicht an Ihrer Version zweifeln, aber jüngst ist ein Tagebuch von Regine

Olsen aufgetaucht, und, wenn ich mich erinnere, stand darin anderes zu lesen. Ich darf aus dem Kopf zitieren? *Ich sagte zu ihm, dass er jetzt seine Freiheit habe. Ich bat ihn, mich ein letztes Mal zu küssen, dann zu gehen und nie wieder zu kommen. Ich hatte Schmerzen im Magen.* Täuscht die Erinnerung vielleicht?»

«Unsinn! Es freut mich natürlich für die liebe Regine, dass sie nach einhundertsechzig Jahren zu einer anderen Lösung gefunden hat. Damals hätte ich es ihr hoch angerechnet – heute wirkt es milde albern. Beweisen kann man nicht, wer wen von seinem Versprechen entband. Historische Begebenheiten sind immer zweifelhaft, wie ich selbst in meinen *Philosophischen Brocken* dartat, aber ich habe, zumal mir die Gerüchte zu Ohren gekommen sind, den Leiter des irdischen Kierkegaard-Zentrums in Kopenhagen dazu inspiriert, das Tagebuch als Fälschung auszugeben. Das Tagebuch ist vielleicht echt, wen kümmert's?, aber die Behauptungen entbehren der Wahrheit. Noch in der Ewigkeit sind Frauen schrecklich eitel.»

«Wem sagen Sie das, mein Lieber!»

«Und da wir gerade dabei sind, einiges klarzustellen. Hirsch, einer meiner nicht ganz unbegabten Übersetzer ins Deutsche, hat salbadert, ich hätte mich von Regine getrennt, weil sie das Niveau meines strikten Gottesverhältnisses nicht erreichen konnte. So etwas kann nur ein Theologieprofessorengatte mit offensichtlich schrecklichen Erfahrungen behaupten. Lächerlich! Hirsch hat aus mir einen vom Erkenntnisekel zerfressenen, religiös überspannten und verzärtelten Kastraten gemacht. Das verzeihe ich ihm nie! Muss ich Hirsch auch zu den Mitgliedern unseres Clubs rechnen?»

«Niemals! Auch im Himmel gibt es eine gewisse Form von

political correctness. Du – ich darf doch das vertraute Du ins Spiel bringen? – kannst dich ganz auf mich verlassen.»

«Es sollte mich freuen.»

«Überhaupt. Ich kann es so gut nachempfinden, dass du dich äußerst human der Ehe und der Vaterschaft verweigert hast. Wer wie ich Frau und Kinder hatte, weiß um die vielfältigen Nöte, die daraus erwachsen. Ich war immer Bürger mit schlechtem Gewissen.»

«Oh, ich habe deine Sorgen von hier oben mit einiger Anteilnahme verfolgt!»

«Mir will scheinen, dass inzwischen die Institutionen der Ehe und der Familie auf Erden unter riesigen Druck geraten sind. Hellsichtig hast du vorausgeahnt, was heute eine Feuilletonweisheit geworden ist.»

«Es wäre mein passionierter Wunsch, mit dir über eine kleine Satire zu befinden, die sich dieses Themas in aller Bescheidenheit annimmt. Ich habe auf diesem Terrain, wie du weißt, wenig Erfahrung.»

«Herzlich gern.»

«Unsterblichen Dank.»

Der Idiot der Familie

Familie, du Keimzelle der Gesellschaft!

Sieht man dich – turnusmäßig – bedroht, feiern Leitartikler ihre alten Dateien ab: Happy Hour *für verschimmelte Wahrheiten.*

Weisheit eins: In den Familien wird nicht mehr geredet. *Erträumen wir uns eine Idylle mit Hund. Der mit Liebe von Mutter Teresa gedeckte Abendbrottisch. Der ausgeruhte, sozialtherapeutisch geschulte Kumpel Daddy, eine Art Buddy Christ, fängt eine kleine Diskussion an und hangelt sich runter aufs pubertäre Sprachniveau. Nahezu gleichzeitig reagieren Sohn und Tochter mit einer heftigen Sprachallergie. Peinlichkeitsfaktor positiv. Lasst uns unseren coolen Jargon! Kapuzenpulli hoch, Ohrstöpsel rein. Wie diskutiert man mit tauben Mönchen?*

Weisheit zwei. Die Eltern sind nicht hinreichend informiert. *Nette Donquichotterie. Das Elterndasein ist ein mentaler Kampf gegen Windmühlen mit hoher Verletzungsanfälligkeit. Selbst wenn man zu jedem Elternsprechtag erscheint, verliert man unterwegs, sofern man nicht einen solitären Sprössling als Vollbeschäftigung betreut, den Überblick.*

Weisheit drei. Eltern müssen ihre Autorität behaupten. *Das ist nun wirklich drollig. Wir leben nicht länger im Legoland. Eltern sind heute spätestens mit fünfundvierzig Medienanalphabeten. Die Synapsen sind zu unflexibel, um* eine SMS-Nachricht in einem angemessenen Zeitkorridor zu erstellen oder das Internet zu installieren; wir surfen wie Anfänger (Gurken heißt der wenig vorteilhafte Vergleich im Familienjargon), bekommen bei dem Film Lola rennt brüllende Kopfschmerzen und kaufen nach zwei Wochen MTV-Clips den Zöglingen einen eigenen Fernseher.

Weisheit vier: Ehepaare müssen sich gegenseitig stärker in Krisensituationen stützen. Das hört sich an, als wäre man auf einer Orthopädenveranstaltung. Aber das Bild ist viel zu harmlos. Gott schütze uns vor einem genetic turn. Wenn unsere Kinder bis in die Verhaltensstrukturen hinein genetische Erben sind, dann wird schon bald Buch darüber geführt, welcher Fehler auf wessen Konto geht: der miserable Rückhandvolley, die Bindungsschwäche, die Penetrationsangst, die Verschwendungssucht, der Markenfetischismus. Die Vererbungstheorie des Christentums war latent unbarmherzig, die moderne Vererbungslehre (für künftige Designerbabys anwendbar) ist unerbittlich.

Ehe und Familie – wie geht das?

Victor Emeritus

Dampferfahrten
und Berliner Impotenz

«Du fächerst dir so tapfer mit der Hand Luft zu, Sören, du übernimmst dich doch nicht?»

«Wir Nordländer sind Stiefkinder der Sonne, Tommy! Jüngst erst wieder hat sich die von mir sehr verehrte, mich von Ferne an Regine erinnernde norwegische Prinzessin Mette-Marit bei einem Interview im Garten das liebe Gesicht verbrannt. Ich selbst bin nicht sehr anfällig für Sonnenbrand, weil ich mütterlicherseits spanische Erbschaften aufzuweisen habe, aber …»

«Wie aufregend!»

«Aber dafür erleide ich nach zu langem und ungeschütztem Lustwandeln unter der Sonne dämonische Kopfschmerzen!»

«Mein Adrian Leverkühn im *Doktor Faustus* …»

«Gib acht, der Turm bröckelt!»

«Wasser, schnell, Wasser! Und jetzt kräftig festklopfen. Gott sei Dank. Übrigens: Bei konvulsivischen Kopfschmerzen gönne ich mir einen entspannenden Besuch im Coiffeur-Studio mit Haareschneiden, Öl-Shampooing und Massage. Ich könnte dir die Adresse überlassen, ein echter Geheimtipp.»

«Mir wird so blümerant.»

«Du Armer! Nein, keine aufschiebende Widerrede jetzt! Ich führe dich in den Schatten. Reich mir deine Hand!»

«Wie energisch du das Zepter der Vernunft zu schwingen verstehst!»

«Nur noch wenige Schritte! Setz dich, behutsam, wir haben alle Zeit des Himmels. Bette deinen Kopf hier auf das Schilfgras und justiere deinen Blick auf das silberblanke Wasser! Das wird deine aufgeriebenen Nerven beruhigen. So, jetzt massiere ich dir ganz vorsichtig die Schläfen. Herrlich: Diese Membrane deiner Innerlichkeit. Es pocht, als würde der Geist telegraphieren. Kurz, kurz, lang. Kurz, kurz, lang. Das ist wirklich die Himmelssprache, Sören.»

«Ich spüre eine lindernde Entspannung.»

«Die Lebensgeister kehren zurück? Gut, weißt du, was wir jetzt tun werden?»

«Spanne mich nicht auf die Folter!»

«Ich grabe dich ein, mein Bester!»

«Köstlich, das nenne ich ein herrliches Paradox: Im Himmel eingegraben zu werden. Und mein Totengräber ist niemand anderes als der gute Tommy.»

«Fühlst du dich stark genug, in diese Grube hineinzurutschen, wenn ich dir helfe? Zuerst die Beine. Für einen Skandinavier hast du übrigens merkwürdig magere Beine – aber durchaus solide, durchaus solide! Ich habe dir meine Anzugjacke zum Kopfkissen gefaltet. So. Und jetzt schiebe ich ganz vorsichtig den Sand über deine Beine und deinen Oberkörper. Ist das angenehm?»

«Wenn du mir jetzt noch etwas süßen Tee und Gebäck reichen würdest?»

«Moooment. Ach ja, dein Humor kehrt zurück! Wie schön. Spürst du bereits, wie die Beine auskühlen?»

«Ich spüre, also bin ich.»

«Du kühlst doch nicht etwa zu stark aus? Du wirkst so bleichsüchtig.»

«Nein, mach dir keine Sorgen. Es ist sehr behaglich! Ich erinnere mich dann gerne an Zeiten, wo ich entfernt vergleichbare, natürlich nur entfernt vergleichbare Empfindungen genossen habe.»

«Erzähle, bitte, erzähle!»

«Erinnerst du dich an die heißen Berliner Nächte?»

«Zumindest an die heißen Sommer in Nidden, ich schrieb damals gerade …»

«Also, ich war nicht darauf vorbereitet: Ich erreichte Ende Oktober das heiße Berlin. Ich glaubte mich im Kalender vertan zu haben, denn auch die Nächte brachten keine Abkühlung – kein Luftzug fächelte einem Linderung zu. Es dauerte mich bereits, nach Berlin gereist zu sein, aber dann kam mir ein Einfall zu Hilfe: Ich benetzte mir die Beine und legte mich ganz ruhig auf mein Bett. Kennst du das Phänomen der Verdunstungskälte? Es war herrlich. Man spürte eine superbe Kühle auf den Beinen – so wie jetzt hier in diesem mit so viel Liebe gearbeiteten Grab, Tommy. Ich litt in diesen Wochen übrigens weniger, als du vielleicht glaubst. Ich habe meine Reflektiersucht durch eine Arbeitssucht geheilt. Das wirkt, Tommy! Ich habe mich selbst geheilt. Ich sage nur ein Stichwort: Schreibbäder!»

Schreibbäder.

Wie alle Süchtigen glaubte er, er könne sich selbst therapieren, indem er die Reflektierwut in eine Schreibwut kanalisierte. Nur noch ein Sechstel Dandy, fünf Sechstel Schreibarbeiter – nachdem er es sich in Berlin bequem gemacht hatte. In diesem *nachdem* verbargen sich drei Tage harter Arbeit am Ekel.

In der Kutsche von Hamburg nach Berlin saß neben ihm ein beleibter Kaufmann, der sich schon nach zwei Stunden die Geruchshoheit im Innenraum gesichert hatte, indem er die Mitreisenden mit schöner Regelmäßigkeit am Verdauungsprozess seines fetten Gänsebratens teilhaben ließ, der sich – durchaus verständlich – in diesem schwitzenden und schwieligen Körper nicht wohlfühlte, eine Verwandlung – «Transsubstantiation», murmelte Kierkegaard – in den gasförmigen Zustand anstrebte und auf zwei Kanälen in die Freiheit floh. Sörens Schwäche für Gänsebraten drohte für immer kuriert zu werden. Demonstrativ benutzte er sein Taschentuch als Filter, wenn der Kaufmann wahlweise rülpste oder milde furzte, konnte aber, obwohl er wiederholt tadelnde Blicke, wie er sie von seiner Großmuter erinnerte, hinüberschickte, nicht verhindern, am Mahl des Herrn stiller Teilhaber zu sein. Sören atmete betont flach, bis ihm schwindlig wurde, wand sich hilfesuchend nach links, aber dort saß ein hoher Beamter – seinem Fett sah man an, wie teuer erworben es war –, der sich in seinen Papieren vergrub, mit erstaunlicher Fingerfertigkeit seine Nasenöffnungen einer gründlichen Reinigung unterzog und mit einem gekonnten Fingerschnippen entsorgte. Sören schloss die Augen. Nach vier Stunden war sein Magen wundgescheuert. Er spürte einen leichten Unterdruck, als wolle auch sein Magen ihn fliehen. Er hustete. Er würgte – und ertrug dann geduldig die Strafe. Sören Aabye Kierkegaard, der Hochzeitsflüchtling, war offensichtlich dazu verurteilt, sich mit den Personen in der Kutsche zu vermählen, Teile des Inneren auszutauschen, gemeinsam durchgeschüttelt zu werden, bis er nach dreißig Stunden wahrhaftig glaubte, mit den anderen beiden Reisenden zu einem Leib verschmolzen zu sein: An den Poststationen hatte er einige Mühe, die verknäulten Beine zu entwirren. Der Einzige und sein Eigentum. Sollte er noch die geringsten Zweifel gehegt haben, so waren sie jetzt ausgeräumt: Er war kein Freund der Masse. Und seine Hochschätzung der Deutschen bröckelte. Das Land Goethes und Schillers, Kants und Hegels? Das Land der Dichter und Denker? Der deutsche Mensch der Masse, der Kinderstube frühzeitig entflohen und mit falschen Orden der Bildung an der Brust, war ein übel ausdünstender Kanalarbeiter.

Ermattet, scheuend wie ein Pferd, erreichte er sein Quartier in der Mittelstraße 61. Sein Zimmer, schlecht gelüftet, vom Lärm der Kutschen überfüllt und zudem von gegenüberliegenden Bürgerhäusern verschattet, verschlechterte seine gereizte Konstitution. «Fiat luxus», ermannte sich Sören, zahlte dem Wirt eine Wochenpacht und zog, dank einer Vermittlung durch die Dänische Gesellschaft, in ein großzügiges und vornehmes Appartement in der Jägerstraße 57 am Gendarmenmarkt.

Bereits der erste Eindruck hatte ihn überzeugt: ein mit Gas erleuchtetes Haus! Ein geräumiges Entree, linker Hand ein Kabinett, wo kein Lärm, allenfalls der Lärm in seinem Innern, ihn am Schlaf hinderte, dann eine Ankleidestube, geradeaus zwei Zimmer, angenehm und beinahe gleich möbliert: dichte Mullvorhänge, feiner Stuck. Zwei Armleuchter spendeten dem Schreibenden hinreichend Licht, ein mit rotem Samt bezogener Lehnstuhl an einem soliden Tisch lud zum Nachsinnen ein.

Abends konnte er in einem Stuhl am Fenster den großen

Platz vor dem Theater studieren: Schatten, die vorüberhuschten, als wären sie Statisten oder als stiegen sie aus dem Totenreich auf. Nur kurz regte sich in ihm das Verlangen, am Treiben teilzuhaben; aber, soeben erst dem Schmelztiegel der Kutsche entflohen, beließ er es dabei, Zaungast zu sein, rauchte seine Zigarre zu Ende, beobachtete den Mond, verstand augenblicklich die Somnambulen und Mesmers verquere Schriften, lauschte den vereinzelten Schritten, die lange nachhallten, und war um elf Uhr weg vom Fenster. Bis Mitternacht arbeitete er, dann erst legte er sich schlafen, vergaß nie, Regine in sein Nachtgebet einzuschließen. Oft konnte er vor Heimweh keine Ruhe finden. Regines Geruch nach zerdrückten Veilchenblättern, ihre pochenden Schläfen, wenn sich ein Ohnmachtsanfall näherte, das Zucken ihres Mundes, wenn er einen Scherz gemacht hatte, ihre seidenen Augenbrauen, ihre kindlich weiche Sprechweise! Nur die Verdunstungskälte spendete Linderung.

Früher war Schelling ein Beau gewesen, stach die anderen beiden Tübinger Freunde deutlich aus. Hölderlin wirkte im Gegensatz zu ihm entschieden zu ätherisch, Hegel war immer die Inkarnation einer gewissen Biederkeit, aber *le jeune Schelling* überstrahlte alle. Studenten kleideten sich à la Schelling, trainierten das ausgefuchste Spiel der Augenbrauen, die Schlangensprache seines Mundes. Er war der erste philosophische Star. Wer Schelling heute am Katheder erlebte, entdeckte allenfalls mühsam konservierte Reste der jugendlichen Eleganz. Die Münchner Jahre hatten zu einer deutlichen Materialermüdung geführt, die ehemals schlanke Silhouette war durch reichlichen Bierkonsum unnatürlich gebläht worden;

allenfalls die zarte Nase hatte die Form halten können. Er wirkte wie ein Werbungsoffizier außer Dienst, hüftsteif und verschlissen. Wie Neid und Missgunst auch die schönsten Anlagen ruinieren, konnte man an Schellings Gesicht studieren. Schelling hatte erleben müssen, wie der Spätstarter Hegel ihm, dem Frühstarter, den Rang ablief. Hölderlin war nie eine Gefahr gewesen. Zu viel Empfindsamkeit zerstörte Karrieren. Ach ja, der arme Hölderlin! Bedauerlich, diese Turmexistenz! Wenn Schelling auf Hegel zu sprechen kam, dann schnarrte seine Stimme unerträglich, dann vertrug er auch keine Unruhe im Vorlesungssaal, dann schaute er noch grimmiger drein als gewöhnlich.

Sören erschien an den Vorlesungstagen sehr früh im Hörsaal und behauptete mit allem Nachdruck einen Fensterplatz, weil er die Erfahrung der Reise nicht wiederholen wollte. Während der zweiten Stunde demonstrierte ein junger Student auf dem Platz neben ihm – er schien außerhalb der Universität als Zigeuner, Zauberer oder Bettler seinen Unterhalt zu verdienen, vielleicht war er auch ein später Verwandter des Diogenes aus der Tonne – eine deutliche Wahlverwandtschaft mit dem Kaufmann aus Berlin. Der Bauch des Philosophen und der Bauch des Kaufmanns waren dialektisch kaum zu scheiden. Sören arbeitete routiniert mit dem Taschentuch als Filter.

Sörens Fremdeln wurde in der ersten Stunde überspielt durch ein einziges Stichwort: *Wirklichkeit*. Schelling versprach eine Aufklärung über die Wirklichkeit. Sören filterte aus den bedächtigen Ausführungen immer dieses eine Wort heraus: Wirklichkeit. Wirklichkeit. Darum also ging es. Nach der Vorlesung tänzelte er vor Schelling den Korridor entlang wie David vor der Bundeslade. Er traute sich allerdings nicht, ihn anzusprechen.

Aber Schelling tat während der nächsten Wochen alles, um Sörens Euphorie zu bremsen. In seinem Grimm gegen den toten Hegel, dem er, diesem Blender, leider nicht mehr auf Augenhöhe begegnen konnte, ging die Leichtigkeit der Gedanken verloren. Seine Ausführungen verschleppten sich, irrten herum, als suchten sie nach einer richtigen Adresse. Schelling verspekulierte sich in jeder Hinsicht. Bereits nach wenigen Wochen war Sören enttäuscht und überzog Schelling in einem Brief an seinen Bruder Peter Christian mit beißendem Spott: «Schelling schwätzt unerträglich. Ich bin zu alt, um Vorlesungen zu hören, ebenso wie Schelling zu alt ist, sie zu halten. Seine ganze Lehre über die Potenzen verrät die äußerste Impotenz.»

Sören begann zu schwänzen. Immer mehr Stunden verbrachte Sören in seinem Appartement. Nur seinen Deutschunterricht ließ er nicht schleifen – der Erfolg war leider nur sehr bescheiden –, aß wie gewöhnlich in Möhrings Restaurant und ging anschließend ins Theater. Meistens aber schrieb Sören. Was Schelling vollmundig versprochen – und mit diesem Versprechen auch Sören nach Berlin gelockt hatte –, wollte Sören selbst einlösen: ein Buch über die Wirklichkeit. Über die Kunst zu existieren. Entweder als Ästhetiker oder als Ethiker. Entweder-Oder. Enten-Eller.

Wenn er sich von seinem Schreibtisch erhob, strahlte sein Gesicht. Er war ein verspätetes Genie wie Hegel, und er hatte Schelling und Hegel bereits mit dem ersten großen Manuskript überholt. Wie er so strahlte, konnte man nicht umhin, ihn einen schönen Menschen zu nennen.

Sören, der Beau. Begabt und potent. Und mit seiner tollkühnen Locke der erste philosophische Punk.

Kierkegaard war anfällig für Atmosphären.

Seine mönchische Existenz, die er in Berlin nach wenigen Wochen wählte, schottete ihn nicht gegen Einflüsse ab, weil Bücher seine Gefühle sehr unmittelbar ansprachen. Er las, nachdem er dem alten Schelling untreu geworden war und somit auf eine geistliche Ehe mit ihm verzichtet hatte, Texte der Frühromantiker, die Helden seiner Dissertation: Schlegel, Tieck, aber verstärkt auch Schleiermacher. Lebendige Spuren ihres Wirkens konnte er in Berlin nirgends entdecken. Die Salons waren geschlossen, und den Geist Schleiermachers fand er nur sehr unvollkommen verkörpert in dessen Freund Ludwig Jonas. Die Predigten in der Nikolaikirche waren von ausgesuchter Langeweile. Sören badete deshalb jeden Morgen in den gedruckten Texten. Es funktionierte. Man konnte nicht nur zwei-, drei- oder viermal in den gleichen Fluss steigen, sondern unendlich oft. Tauchte er aus den Texten Schlegels, Tiecks oder Schleiermachers auf, dann meldete sich nach Minuten pünktlich ein starkes Sehnen und eine heilige Wehmut. Dann waren seine Augen verschleiert, dann konnte er nicht einmal den Lehnstuhl erkennen, nicht die Tasse, nicht den Leuchter. Die Wirklichkeit geriet aus dem Blick. Er stürzte an der Realität vorbei. Das war die Probe aufs Exempel. Die Frühromantiker und Schelling – eine verzärtelte Mischpoke! Alle Versager an der Wirklichkeit und Kostgänger der Illusion.

Man weiß nicht, was man mehr bewundern soll, die Kunst des Selbstversuchs oder die Kunst der Wechselwirtschaft, denn nach der Lektüre erhob er sich, trocknete den Schleier, nahm einen starken Schluck Kaffee und verbesserte und vervollständigte das Manuskript, das er bereits während der Verlobungszeit mit Regine begonnen hatte: den zweiten Teil von *Entweder-Oder*. Unterschieden vom hohen und etwas hysterischen Ton der Frühromantiker wählte er die Kontrastfigur einer beamtenmäßigen, solide abwägenden Existenz, den Assessor Wilhelm, der in Briefen an einen ganz dem Genuss lebenden Freund das hohe Lied der Ehe anstimmte. Hören wir kurz hinein:

Der Ethiker lässt sich, darin vom Ästheten unterschieden, nicht von äußeren Genüssen und der Verfeinerung im künstlerischen Nacherleben mitreißen! Der Ethiker ist unabhängig und frei von äußeren Eindrücken! Der Ethiker wählt sehr nachdrücklich das eigene Leben in der Gemeinschaft mit Anderen und opfert den Anderen nicht dem eigenen Genuss! Der Ethiker muss sich bewähren in der Ehe, im Beruf, in der Freundschaft! Der Ethiker gestaltet seine Existenz im Ernst der Entscheidung und in der Wahl zwischen Gut und Böse!

«Ohne dir etwas am Zeuge flicken zu wollen, lieber Sören, aber warum lebtest du in dieser Phase nicht nach deinen Schriften?»

«Bin ich der Assessor Wilhelm?»

«Perfekt! Erledigt!»

Erst später, zurück im antiromantischen Kopenhagen, schrieb Sören den ersten Teil seines Buches. Dieses Mal wollte er das Lebensgefühl der Romantiker treffen, las täglich in Schlegels Skandalroman *Lucinde*; dann übersetzte er das Gefühl in einen eigenen Text. Die Vorliebe der Romantiker für das Fragment gewann in den Fragmenten *Diapsalmata* neue Gestalt. Und *Das Tagebuch des Verführers* markierte …

«Lass es mich sagen, Sören. *Das Tagebuch des Verführers* markierte – um eines deiner Lieblingswörter zu benutzen – einen Qualitätssprung im erotischen Roman. Verglichen mit diesem Roman ist Schlegels *Lucinde* Beamtenliteratur.»

«Danke ergebenst.»

… markierte einen Qualitätssprung im erotischen Roman.

Aber noch war Sören in Berlin. Noch schrieb er. Sagen wir, Sören schrieb folgende Zeilen: *«Wer die Freundschaft ethisch betrachtet, sieht sie also als eine Pflicht. Ich könnte daher sagen, es sei eines jeden Menschen Pflicht, einen Freund zu haben. Mittlerweile möchte ich lieber einen anderen Ausdruck brauchen, welcher mit einem Schlage das Ethische an der Freundschaft und zugleich den Unterschied zwischen dem Ethischen und Ästhetischen scharf hervorhebt: Es ist eines jeden Menschen Pflicht, andern offenbar zu werden.»*

Es klingelte. Sören erschrak, nicht weil er die Störung fürchtete, sondern weil er dann Deutsch reden musste. Es war nur ein Bote mit einem Brief.

«Vielen Dank. Auf Wiedersehen.»

Sofort erkannte er die etwas zittrige Handschrift des Freundes. Sören riss den Brief auf, überflog die Zeilen. *Unpässlich.* Emil deutete auf eine sehr vorsichtige Art an, Regine, so ginge das Gerücht, sei seit Tagen unpässlich.

Sören war seit Monaten unpässlich, vertraute auf den protestantischen Instinkt, Leiden durch Arbeit zu edeln; deshalb schuftete er wie ein Besessener, bis ihm die Hand wehtat und abzufallen schien, bis sein Rücken schmerzte. Er verließ schreibend die alten Wege und bahnte sich neue, bis ihm schwindlig wurde, bis er sich mit letzter Anstrengung bäuchlings aufs Bett warf, geduldig wartend, bis Regines Gesicht auf dem weißen Laken erschien, dann streckte er einfach die Zunge heraus und verkroch sich in ihrer warmen Höhle. Das Schweißtuch der Regine! Die siebte Station des Kreuzwegs. Draußen das Murmeln der Stadt.

So verrückt das klingt: Der Brief Emils rettete ihn. Sören verließ diese Wohnung, die sich in eine religiös überspannte Wallfahrtskapelle verwandelt hatte, und damit verließ er auch die heilige Regine.

Wieder zurück in Kopenhagen war sie ihm zwar räumlich näher, und doch lebte sie weiter von ihm entfernt. Regine verschwand hier hinter einem dichten Schleier aus Gerüchten. Sie huste Blut, hieß es. Sie habe wochenlang nichts gegessen, flüsterte man. Haare fielen ihr büschelweise aus, hinterbrachte ihm ein Freund hinter vorgehaltener Hand. Die Bediensteten seien angehalten worden, morgens ihr Necessaire wegzuräumen, wusste jemand.

Wiederholt schickte Sören seinen Detektiv aus; der gab auch wiederholt Entwarnung, verhüllte Regine dann aber sofort mit einem neuen Gerücht: Sie solle unbotmäßig große Mengen an Sherry verköstigen. «Du bist mir ein echter Schleiermacher», nuschelte Sören.

Es gelang ihm nicht, die Welt der Gerüchte zu beherrschen. Regine verwandelte sich in eine Heilige, die keinen unmittelbaren Zugang erlaubte – verhüllt, als würde sie wie eine kostbare Reliquie auf eine Ausstellungsreise geschickt, um in einem Glassarg in einer Sammlung präsentiert zu werden. Weil Sören nicht bis zu ihr durchdringen konnte, wurde sie ihm immer fremder. Wenn er jetzt an *Entweder-Oder* schrieb, dann änderte sich seine Stimmung, dann schrieb er an manchen Morgen mit einem gewissen Groll. Schwelgte er abends in Erinnerungen, dann schenkten diese ihm keinen süßen Trost mehr.

Dann endlich erschien das Buch *Entweder-Oder*. *Entweder-Oder* erblickte das Licht der Welt am 20. Februar 1843 um neun Uhr einunddreißig. Es waren Zwillinge. Zwei gesunde dicke Bände. Der zweite Band hatte etwas weniger Gewicht – aber es bestand kein Grund zur Beunruhigung. Zunächst legte Sören die Bücher auf sein Stehpult und beäugte sie aus sicherer Entfernung. Dann nahm er sie in die Hand, wog sie und nickte. Er blätterte sie einzeln durch, warf immer wieder einen Blick auf einige Zeilen, ängstlich, ob er auch einen Druckfehler entdecken würde. Es war Text von seinem Text. Er konnte keinen Makel ausmachen. Tadellos, Sören! Herzlichen Glückwunsch.

Mit nur mühsam gezügeltem Stolz brachte er seinem Freund Emil ein Exemplar und nahm ihm das Versprechen ab, niemandem zu erzählen, wer sich hinter dem Pseudonym Victor Eremita verbarg. «Du bist mir auch ein Schleiermacher», nickte Emil.

An diesem Abend ging Sören gelöst und heiter ins Theater. Während des warmen Applauses zur Pause hätte er sich beinahe erhoben und verbeugt.

Der evangelische Gottesdienst bot so schrecklich wenig Ablenkungen. Keine Weihrauch schwenkenden Jünglinge. Allenfalls fettglänzende feiste Nacken, die sich über Gesangbücher beugten. Kein Klingeln! (Sah man einmal vom Klingeln des Klingelbeutels ab, diesem Hirtenstab des Mammon!) Keine bunten Gewänder. Nur das Karfreitagsschwarz des Talars. Kein Messopferdrama in mehreren Aufzügen. Nur Dienst am Wort und Gesang zur Erbauung. Hätte er sich doch ablenken können!

Wende dich nicht um, Sören!

Sören kannte alle Psalmen auswendig. Natürlich! Er trug zwar an den Sonntagen sein mit Goldschnitt ausgestattetes Gesangbuch – ein Geschenk seiner Mutter – unter dem Arm, so wie man Handschuhe mitnahm, ließ es aber geschlossen. Auf das Kommando der Orgel hin öffnete er den Mund, gab etwas Luft dazu und presste die Strophen heraus. Früher hatte er gerne gesungen, etwas vorlaut vielleicht, aber mit viel Gefühl. Sein Ehrgeiz bestand darin, mit dem ersten Ton der Orgel einzusetzen, nicht wie die meisten Gemeindeglieder, die träge in den zweiten Ton einstimmten. Die Gemeinde verkürzte *Mach hoch die Tür* zu *Hoch die Tür*, als würden sie einen Trinkspruch ausrufen.

Wende dich nicht um, Sören!

Wenn er jetzt sang, dann glitt seine Stimme nach wenigen Tönen ins Seitenschiff, gurgelte kurz und verschwand in einem schwarzen Loch. Seine Stimme sprang nicht erneut auf das Schiff der Gemeinde auf. Er verstummte, starrte ausdruckslos auf die singenden Münder der Chormitglieder in den Seitenbänken, die mit geschlossenen Augen ihren Gott zu küssen schienen. Seit Monaten betete er auch nicht mehr das *Vaterunser* laut mit. Das Plappern erschreckte ihn, so wie ihn als Kind das aufgeregte Geplapper der Erwachsenen erschreckt hatte, das durch die Ritzen kroch und ihn nicht schlafen ließ. Plappern wie die Heiden. Er war ein abgestorbenes Glied am Leib der Gemeinde.

Wende den Kopf nicht um, Sören!

Auf der Kanzel thronte Pastor Mynster und erweckte das Gewissen. Seine scharfe Stimme, zuweilen ein heiserer Diskant, drang durch das gelbe Ohrenschmalz und das Trommelfell, grub sich an Knochen vorbei und gelangte über die Blutbahn direkt ins Herz. «Geht in euch und kehrt um! Tut Buße, denn ihr habt gesündigt vor dem Herrn. Fürchtet euch, dass ihr nicht verworfen und aus dem Buch des Lebens ausgestrichen werdet. Ihr seid böse von Jugend an. Da ist niemand unter euch, der ohne die unverdiente Gnade des Herrn, der seinen eingeborenen Sohn sandte, um eure Sünden abzuwaschen, selig kann werden.» Die Einsicht schmeckte offensichtlich bitter, weil viele Gemeindeglieder sich von Pfefferminzpastillen Linderung erhofften, diese, wie Süchtige, hinter vorgehaltener Hand oder verdeckt durch ein Taschentuch unter die Zunge betteten. Prompt lösten sich die verkrampften Gesichtszüge.

Wende dich nicht um, Sören!

Wie oft hatte er abends Regine Predigten von Pastor Mynster vorgelesen. Wie oft hatten sie, durch die Sermone gleichermaßen ergriffen wie erbaut, zusammen geweint. Heute stellte sich keine Rührung ein, als habe Sören die Ohren mit Wachs verschlossen.

Wende dich nicht um, Sören!

Und Sören wandte sich um, blickte in das Gesicht von Regine, die wie gewöhnlich drei Bänke hinter ihm saß, und erstarrte. Sie nickte ihm zu. Kein Zweifel war möglich. Nur mit Mühe gelang es ihm, sich aus der Erstarrung zu lösen und wieder Mynster zuzuwenden. Er spürte, wie ihm salzige Tränen die Wangen herunterliefen. Regine glaubte nicht, dass er ein Betrüger sei! Sie hatte ihm verziehen! Die Maskeraden waren umsonst gewesen! Ermöglichte sie damit einen zweiten Anfang? Gab es eine Wiederholung?

Noch vor dem *Vaterunser* verließ Sören die Kirche, packte seinen Koffer, instruierte den Diener, eine kurze Depesche an Emil, und floh nach Berlin.

Aber auch diese Wiederholung misslang.

Eine Premiere.

Zum ersten Mal fuhr Sören mit der Eisenbahn, zunächst gewohnt skeptisch, dann genoss er zunehmend den Luxus, sich im Abteil frei zu bewegen, den Gerüchen, die der Platznachbar verströmte, zu entfliehen, nicht verknotet oder sogar mit anderen Reisenden verschmolzen zu werden zu einem großen unpersönlichen Leib; in den Schlaf gewiegt zu werden wie ein blöde grinsendes Kind. Er blieb ganz bei sich.

In Berlin hoffte Sören auf eine Wiederholung, aber bereits als er ausstieg, zog sich die Sonne zurück. Ein kräftiger Wind wirbelte Staub auf, als habe die Natur beschlossen, heute sei für die Katholiken Aschermittwoch und für die Protestanten Buß- und Bettag.

Als er in der Jägerstraße Nr. 57 um sein Quartier nachfragte, teilte ihm der Wirt mit: «Bedaure, Herr Magister, aber ich habe mich verändert.» Sören verstand nicht, was der Wirt ihm bedeutete. Nichts Außergewöhnliches fiel ihm an dem

Wirt auf: derselbe Backenbart, die noch immer streng gescheitelte Frisur. Auch die Kleidung war durch keinen Schneider revolutioniert worden. Eine Unsicherheit kroch in ihm hoch. Sören besaß kein Sprachtalent. Er beherrschte die deutsche Sprache so, wie er die alten Sprachen beherrschte, nur passiv. Selten musste er während der Lektüre eine Vokabel nachschlagen, er las zwar langsam, aber ohne große Anstrengung. Wenn er allerdings hier in Berlin den Mund aufmachte, war seine Zunge seltsam gebunden. Sein Gehirn schaffte den Transfer nicht. Weil er die Vokabeln immer nur deutsch-dänisch memoriert hatte, misslang ihm die Übersetzung eines mittelschweren dänischen Satzes ins Deutsche. Seine Zunge verstand ihn nicht. Und Sören verstand heute auch den Wirt nicht. Erst ganz langsam ging ihm auf, dass der Wirt seine privaten Verhältnisse verändert hatte, jetzt offensichtlich verheiratet war und die große Wohnung für sich und sein Eheweib benötigte. Ein Sakrileg! Sörens Wallfahrtskapelle wurde entweiht durch den Alltag eines Berliner Wirtsehepaares! Und er musste mit der ehemaligen Junggesellenwohnung vorlieb nehmen.

Missmutig zog er dort ein. Die Einwohnung scheiterte. Die angemieteten Zimmer blieben ein Provisorium, allenfalls eine Notunterkunft, so wie früher die Baumeister der großen Kathedralen in läppischen Baumeisterhütten vegetierten. Wenn er sich abends erschöpft aufs Laken warf, dann drückte sich Regines Gesicht dort nicht nach wenigen Augenblicken ab, dann traf er nur auf sich, dann lag er lange wach in ungestillter Sehnsucht. Irgendwann in Kopenhagen war Regine offensichtlich von seinem Gesicht und seinem Körper geglitten.

Tagsüber gelang es Sören mit letzter Anstrengung, sie im Text auferstehen zu lassen. Sören schrieb eine Novelle, die, vielfach gebrochen, seine eigene Lebenskrise wiederholte. War er an Regine schuldig geworden? Worin bestand überhaupt der Sinn seines Daseins? Konnte er noch auf Gott vertrauen?

Sören litt daran, im eigenen Leid verschlossen zu sein, niemanden zu haben, dem er sich mitteilen konnte. Ihm blieb nur sein Text. Seine Hoffnung aber hatte einen biblischen Namen: Hiob. Hatte nicht Hiob, dem im rebellischen Zweikampf mit Gott alle irdischen Güter geraubt worden waren, schließlich, nachdem er den Trotz besiegt und Gott die Macht über sein Leben zugestanden hatte, alles vielfach zurückerhalten? Gott vermochte alles: zu nehmen und zu schenken! Er war die alles umfassende und alles bestimmende Wirklichkeit, hatte eine Vorder- und eine Rückseite. Durfte Sören nicht auch hoffen, Regine, nachdem er selbst auf sie verzichtet hatte, verwandelt zurückzubekommen? War eine Wiederholung möglich?

Er glaubte fest daran. Sein neues Buch schwelgte nicht einfach in Erinnerungen oder berauschte sich an der Vergangenheit. Das wäre für Leser auch nur von kurzzeitigem Interesse gewesen. An seinem Fall wollte er seine Leser über ihre eigene Existenz aufklären. Ging es im Leben nicht immer nur um Wiederholungen? Menschen waren in Grenzen frei, die Konstrukteure der eigenen Existenz, machten täglich neue Pläne. Entschloss man sich, einen Plan, eine Möglichkeit in die Wirklichkeit umzusetzen, dann wieder-holte man das noch gestern für die Zukunft Geplante als seine Vergangenheit in der Gegenwart. Jeder erfüllte Plan, aber auch jeder abgelehnte Plan, bestimmte künftig das eigene Leben. Bisher hatte Sören sich dazu entschieden, nicht zu heiraten. Jetzt, im Licht der vergangenen Monate, überprüfte Sören seine Entscheidung und seinen Selbstentwurf, und es sah so aus, als würde er zu einem anderen Entschluss kommen.

Aber viele Entscheidungen betrafen den Menschen nicht allein, sondern bezogen andere Menschen in die eigenen Pläne mit ein. Richtig, Sören! Zum Beispiel, wenn es darum ging zu heiraten. Und deshalb solltest du, nächste Woche aus Berlin zurück, eine böse Überraschung erleben. Du hattest die Rechnung ohne die Zeit gemacht.

Sören kroch zurück in den Schutz seiner Wohnung. Seine Haut war ausgetrocknet vor Erschöpfung, rissig, als würde er sich häuten. Er bat den Nebel in sein Arbeitszimmer hinein, nahm ein kühles Dampfbad, spürte, wie die Haut sich glättete, wie sie die Feuchtigkeit aufsog. Sein Hintern erinnerte sich des weichen Sofas, sein Rücken traute sich, sich fallen zu lassen, seine Bücher gaben ihm eine zweifelsfreie Gewissheit, sein Atem passte sich der Konsistenz des Wetters an. Nebenan die vertrauten Geräusche seines Dieners. So schnell war sein Fremdeln noch nie verflogen. Die Erinnerungen an Berlin verwelkten bereits. Er konnte wieder frei atmen, blies die Zufriedenheit ins Zimmer. Diese Wiederholung gelang vorzüglich bis …

Freunde konnten ein Fluch sein. An diesem Tag war Emil ein Fluch. Bereits Emils Geste des Anklopfens, zaghafter als sonst, senkte die gehobene Stimmung um etliche Grade. Der tastende Schritt die Treppe hoch. An dieser Stelle übersprang Emil gewöhnlich eine Stufe. Nur vom Vertrauten zu erkennen: Emil hielt den Kopf leicht gesenkt. Sören spürte die Anstrengung, die es Emil kostete, die Arme auszubreiten, ein Lächeln aufzusetzen, registrierte, wie er seine Stimme anschieben musste, die dauernd zu stocken schien.

«Ich hoffe, du hattest eine angenehme Reise?»

Etwas fahrig erzählte Sören von seiner Jungfernfahrt mit der Eisenbahn. Was war geschehen, Emil? Rede doch! «Wenn das Dampfross so gleichgültig durch die Landschaft stampft, wird man geschaukelt wie in Abrahams Schoß.»

Ein pflichtschuldiges Nicken von Emils Seite. Nur mit großer Disziplin konnte Sören die Phasen des kultivierten Gesprächs abhaken. Welche Fortschritte seine Arbeit in Berlin gemacht habe? Er wolle nicht übertreiben, aber die Arbeit sei ihm dort sehr leicht von der Hand gegangen. Abgeschlossen habe er *Furcht und Zittern*, sein Ringen mit der Ausnahmeexistenz Abraham, der bereit gewesen war, auf einen Befehl Gottes hin seinen Sohn Isaak Gott zu opfern. (Oder hatte Abraham sich doch nur verhört?) «Eine verwickelte Geschichte.» Sein Buch *Die Wiederholung* sei beinahe fertig. Und wenn Emil jetzt höre, dass er als Pseudonym den Namen Constantin Constantius gewählt habe, dann könne er leicht ahnen, welche Konstanz in seinem Leben Einzug gehalten habe. Konstanz. Das war das entscheidende Stichwort. Die Besorgnis, die unter Emils Lächeln bisher hervorlugte, verschwand augenblicklich.

«Wenn du so gefestigt bist, dann wird dich die Mitteilung, die ich dir überbringen muss, nicht übermäßig überfordern.»

Was war mit Regine geschehen? War sie jetzt wirklich ernsthaft erkrankt? War ihr Vater verstorben oder ihre Mutter? Hatte sie versucht, Hand an sich zu legen?

Emil machte eine kleine Pause und las in Sörens Gesicht, aber Sören hatte längst eine seiner Masken aufgesetzt. «Regine Olsen hat ihre Verlobung mit Fritz Schlegel für den kommenden Donnerstag bekannt gegeben.»

Innerlich kollabierte Sören, äußerlich behielt er die Contenance. «Das Fräulein Olsen hat offensichtlich ihre kleine Krise erfolgreich überstanden. Das freut mich sehr, weil es mich von einer Sorge befreit. Ich muss also nicht länger meine Zeit damit vergeuden, mir über ihre Gesundheit den Kopf zu zerbrechen. Unsere Entlobung bedeutete also nicht ihren Tod, wie sie mir versicherte. Wenn ich es bisher allenfalls ahnte, so bin ich jetzt gewiss: Frauen neigen zur Übertreibung. Und für Herrn Magister Schlegel wird es eine Genugtuung sein, das Ziel über einen kleinen, allerdings nicht unbedeutenden Umweg doch noch erreicht zu haben. Er taugt allemal zum ansehnlichen Diplomaten. Ich, mein lieber Emil, bin dagegen viel zu reflektiert, um lieben zu können.»

Das Gespräch verlagerte sich schnell. Sören gab sich erleichtert und aufgeräumt. Nachdem Emil gegangen war, blieb er mitten im Zimmer stehen. Seine Füße wuchsen fest, schlugen Wurzeln, seine Haut wurde eine harte, borkige Rinde, in seinen Haaren nistete ein schwarz gefiederter Vogel.

«Manchmal will es mir wie Trotz erscheinen, aber ich habe deine Kategorie der Wiederholung nie vollständig verstanden, Sören, obwohl ich mich sehr eindringlich darum bemüht und wiederholt die betreffenden Passagen gelesen habe. Aber ich hatte keinen guten Lehrer, der mich an die Hand nahm.»

«Dafür danke ich dir. Wenigstens *du* bist ehrlich. Andere

haben den Begriff häufig nur nachgeplappert – mit einer Ausnahme: Ein Schriftstellerkollege hat einen honorigen Roman zu dem Thema verfasst!»

«Er wird später einmal so gut in unseren Club passen! Er hat etwas von deiner Ernsthaftigkeit.»

«O ja. Wahrhaftig.»

«Leider ist er nicht mehr der gehätschelte Liebling der Rezensentenkaste. Ich will unsere gute Stimmung nicht verschatten mit der Frage, ob wir Philosophen und Schriftsteller für die Vergewaltigungen durch die Rezensenten und Nachmieter zuständig sind! *Bosheit*, so schrieb ich einmal, *ist der Geist der Kritik, und Kritik bedeutet den Ursprung des Fortschritts und der Aufklärung.*»

«Ja, ja, eine Frage von einigem Gewicht, Thomas. Noch immer erbost bin ich über Karl Barth. Ein intellektueller Dämlack und Scharlatan. Stilistisch besaß er einige Talente, aber von Philosophie, Dialektik, Sokratik, Religiosität hatte er keine Ahnung.»

«Ach!»

«Der berief sich immer auf mich. Kierkegaard hier, Kierkegaard da. Ich bin mir ganz unsicher, ob er überhaupt Ironie verstand. Lächerlich! Ich war immer weltoffen, kein Kierkegaard im Gehäus. Ich habe die Religion gerettet und durch die Ästhetik veredelt.»

«Beruhige dich, mein Lieber. Ich weiß es doch! Man muss dich doch nur ansehen, an dir ist nichts von dieser schweizerischen Hochtalverschlossenheit.»

«Und dann in der entscheidenden Frage der Ehe! Vielleicht hatte ich zu viele Skrupel. Karl Barth aber hatte entschieden zu wenig. Regine hat mich zum Dichter gemacht, das ja, aber ich habe sie freigegeben, und was machte dieser Barth? Er lebte mit seiner Geliebten und seiner Frau unter einem Dach und verkaufte diese *menage à trois* als Notgemeinschaft! Diese tierische Not möchte ich haben!»

«Wir wollen nicht zu streng sein. Wir haben doch alle unsere kleinen Geheimnisse! Treue auf Erden ist unmöglich, wenn sich das unanständige Kribbeln meldet. Vielleicht war Karl Barth ein Backofen voller Liebe. Wir *alle* kapitulieren vor unseren sexuellen Nöten!»

«Aber dann mit Anstand!»

«Dir wird unter dem Sand doch nicht zu kalt? Darf ich dir den Puls fühlen?»

«Spürst du ihn, Tommy? Gut. Aber das muss klar sein: Ich habe mich immer für das Weltliche interessiert, bin bis zum irdischen Ende ins Theater gegangen. Ich plane deshalb eine kleine Reihe von neuen *Erbaulichen Reden*. Es gibt große Einzelne, Schriftsteller oder Filmemacher, die humorvolle Wahrheitszeugen des Christentums sind. Du wirst lachen: Ich verpasse keinen Film, wenn *Der Junior* eine Erstaufführung anbietet. Ich sage nur: 3 D!»

«Melde dich doch bitte, wenn du wieder planst, ins Kino zu gehen. Ich bin oft so lethargisch!»

«Aber gerne. Und dann zu deiner Frage: Die Wiederholung ist eine Umschreibung für die christliche Freiheit, lieber Tommy. Platon hatte noch geglaubt, die Menschen müssten sich in ihrem irdischen Leben an die himmlische Wahl ihres Lebensloses erinnern. Wir Christen aber sind nicht festgelegt, sondern können Lebensentwürfe machen und müssen in jeder Entscheidung diesen Entwurf wiederholen, bestätigend oder korrigierend. Und die Taten der Liebe wiederholen im pointierten Sinn einen Lebensentwurf, der uns in seinem Gelingen von Jesus vorgelebt worden ist.»

«So einfach ist das! Mein Gott! *Wahnsinn*!»

«Darf ich dir vielleicht eine unbedeutende Kostprobe meiner Versuche vortragen, damit das Vorurteil aus der Welt ist, ich hätte es mir in der objektlosen Innerlichkeit allzu bequem gemacht?»

«Aber ich bitte darum!»

Dogma für Fortgeschrittene

«Denn Gott hat uns gegeben (...) den
Geist der Kraft und der Liebe und
der Achtsamkeit.» 2 Tim 1,7

Religiöse Revolutionen vollziehen sich manchmal im Stillen. Nahezu unbemerkt – oder haben Sie es bemerkt? – und von keinem Gesetz dieser Welt gesteuert, wanderte in den letzten Jahren die Religion in die Filmkunst aus. Große Filmemacher outen sich als religiöse Virtuosen, indem sie schwergewichtige Themen des Christentums, die von beamteten Theologen lieber feige archiviert werden, in atemberaubender Radikalität inszenieren – Themen wie Opfer und Stellvertretung (Lars von Trier: Dancer in the dark) oder die Kunst der Achtsamkeit (Lone Scherfig: Italienisch für Anfänger).

Vielleicht nicht ganz zufällig kommen diese Regisseure aus der Heimat Sören Kierkegaards, und vielleicht auch nicht ganz zufällig haben sie sich unter dem ironischen Label Dogma *versammelt. Offensichtlich hat Kierkegaards Humor und Ernst ein Jahrhundert in höheren Sphären überwintert und inkarniert sich jetzt überraschend neu. Die selbst auferlegten* Dogma-Regeln *verlangen von den Regisseuren Enthaltsamkeit in Sachen Hollywood-Bombast: kein Emotionen erzeugender Soundtrack, kein künst-*

liches Licht, keine Studioaufnahmen, keine feste Kamera.
Das (ver)führt im Gegenzug zu einem authentischen und
immer liebevollen Erzählen: Nur «das Innenleben der Fi-
guren rechtfertigt den Plot». *Dieser Satz hat den typischen*
Sound Sören Kierkegaards.

In dem Film Italienisch für Anfänger *etwa ringt der*
junge Pastor Andreas, der kurzfristig eine triste und vom
Vorgänger verwahrloste Kopenhagener Vorortgemeinde über-
nehmen musste, einquartiert in dem spröden Vier-Sterne-
Hotel Scandic, mit der drohenden sonntäglichen Predigt.
Wo spüren wir Gottes Anwesenheit? *Gute Frage.* Gott ist
im menschlichen Mitgefühl, in der Freundschaft, in der
Liebe, in dem Arm, den man um seine Liebste legt, *sagt er*
sich laut vor, wie um sich selbst zu motivieren.

Diese milde unbeholfen vorgebrachte Definition wird im
Film in einer gewagten Mischung aus harten und humor-
vollen Szenen von Personen in Szene gesetzt, die auf den
ersten Blick zu den Losern gehören: Olympia sorgt sich um
ihren schwermütigen Vater, Karen um ihre alkoholkranke
Mutter, Jörgen bekommt von seinem Freund Hal-Finn, den
er auf Druck seines Chefs hin entlassen muss, kleine Hilfen
und Tipps in Liebesdingen («Du musst endlich wieder aufs
Pferd!»).

Alle sind – nein, nicht Mitglieder einer Kirchengemeinde,
sondern fleißige Besucher des Italienischkurses. «Sind Sie
verheiratet? Nein, aber ich besuche einen Italienischkurs.»
Der Italienischlehrer Marcello versprüht einen leicht an-
gestaubten Gigolocharme und verwandelt am Beginn jeder
Stunde den hässlichen Volkshochschulsaal mit einer an die
Einsetzungsworte beim Abendmahl erinnernden Formulie-

rung: «*Qui siamo in Italia – Hier sind wir in Italien*» *in einem Ort des Träumens. Aus dem Traum aufgeschreckt werden die Teilnehmer, weil Marcellos Herz plötzlich und unerwartet aussetzt – die Verwechslung von Piazza und Pizza überanstrengte den zentralen Muskel offensichtlich. Nach einigem Tauziehen übernimmt der Musterschüler Hal-Finn die Leitung. Jetzt kommt auch das Liebeskarussell in hübschen Schwung ...*

Ich habe selten einen Kinofilm gesehen, der mich so erbaut hat. Es gibt kein besseres Wort für diese Erfahrung als präzise dieses Wort, das leider fraglos etwas Patina angesetzt hat und kaum noch Verwendung findet. Erbauen heißt, etwas von Grund auf in die Höhe führen. In geistigen Dingen ist es die Liebe, die erbaut. *Nirgendwo ist über die kleinen Gesten der liebenden Achtsamkeit erbaulicher erzählt worden.*

Kierkegaard hätte seine helle Freude an diesem Film gehabt. Kino als Kirche?

Warum nicht!

Botengänge
und einstweilige Verfügungen

«Ich leihe mir noch heute den Film aus, Sören. Versprochen. Mein Gott! Deine Hände laufen ganz blau an. Es ist an der Zeit, dich auszugraben!»

«Mein innerer Thermostat spielt heute offenbar ein wenig verrückt. Meine zarte Brust meldet sich zudem mit einem sehr leichten Reizhusten.»

«Hoffentlich hat sich dein Zustand jetzt nicht böse verschlimmert! Vielleicht sollten wir doch einige Kniebeugen machen.»

«Sport ist eine Krankheit zum Tode, mein Lieber. Aber da wir schon hier sind ...»

«Und eins. Und eins. Und eins. Sehr hübsch! Lass mich mal kurz deinen Puls testen. Hundertzwanzig zu neunzig. Wie ein junger Gott! Wenn du magst, können wir mit den Füßen durch die leichte Brandung joggen. Oder über das Meer wandeln.»

«Keine Fisimatenten. Bitte!»

«Ist dir die Richtung zum Festpavillon recht?»

«Huch! Mir scheint das eine ungeheuerliche Marter zu sein.»

«Erkennst du ihn? Huhuu! Das ist Friedrich!»

«Nicht so laut, er könnte uns hören! Diesen unheilbaren Neurotiker ertrage ich heute nicht! Und Nietzsche weinte neulich in aller Öffentlichkeit. Ein schweigsamer Gram edelt, aber diese stetige Drüseninkontinenz ...»

«Mildes Nachsehen gehört zu himmlischen Tugenden, wenn ich dich daran erinnern darf.»

«Perfekt! Erledigt!»

«Und es gibt eine zuweilen auch himmlische Melancholie, Sören, wie du sehr wohl weißt. Aber gut, dann verhalten wir uns so, als ob wir ihn nicht erkennen würden, ‹schweigend im Gespräch vertieft›.»

«Wir machen einen kurzen Umweg durch die Dünen.»

«Einverstanden.»

«Aiiihhh!»

«Mein Gott, was ist dir zugestoßen!»

«Ich bin auf einen spitzen Stein getreten. Ich glaube, es kommt Blut. Früher hätte ich jetzt geblutet.»

«Du ziehst das Unglück an, du Ärmster. Erst die sehr unerfreuliche Geschichte mit Regine, die dir immer noch zusetzt, und jetzt auch noch die Erinnerung an körperlichen Schmerz!»

«Ach! Das Leben hatte damals durchaus auch seine ironischen Seiten. Wenn die liebe Regine in unserer Trennungsphase ausnahmsweise nicht damit drohte, sich umzubringen, dann verliebte sie sich in die Vorstellung, als alte Gouvernante zu enden. Und stell dir vor: Als dieser sehr unbedeutende Fritz Schlegel – sehr unbedeutend, fürwahr! – als Gouverneur nach Indien berufen wurde, erreichte sie ihr Ziel doch noch: Der Gouverneur und die Gouvernante – köstlich, oder?»

«Ja, ja, erst hier oben gelingt es uns häufig, die Schönheit in Dingen zu entdecken, die uns damals niederdrückten. Erinnerst du dich an die kleine, nicht ganz unbedeutende Szene aus meinem Roman *Lotte in Weimar*, in der …»

«Ich fürchte, ich kann keinen Meter mehr gehen, Tommy. Die Erinnerung an den Schmerz übermannt mich.»

«Ich werde dich verbinden, aber zunächst muss ich die kleine Wunde aussaugen …»

«Das kitzelt, Tommy!»

«Du hast herrlich schmale Füße mit einer sehr zarten Hornhaut. Eigentlich hätte ich dir verbieten sollen, das Schuhwerk auszuziehen. Ich lege einen kleinen Verband an, so, jetzt lege deinen Arm um meine Schulter. Meinst du, es wird gehen?»

«Wir werden Stunden benötigen, bis wir den Pavillon erreichen, Tommy. Lass mich einfach hier in den Dünen zurück. Gemeinsam werden wir es nicht schaffen. Ich ruhe hier. Schicke mir, sobald du dort bist, einen Samariter vorbei.»

«Niemals! Was denkst du von mir. Ich werde dich doch nicht im Stich lassen! Wir schaffen das gemeinsam. Deine Biographie verrät deinen geduldig-kämpfenden Charakter. Du hast damals innerhalb von drei Jahren zehn Bücher veröffentlicht. Das schaffen nur ganz starke Charaktere.»

«Ich habe gelitten …»

Er litt.

Der Text seiner Novelle *Die Wiederholung* war Makulatur. Eine riesige Bleiwüste mit der Fata Morgana namens Regine Olsen.

Heute waren die Druckbogen vom Verlag gekommen. Für einen Schriftsteller vermittelte die erste Druckfassung eine höchst zwiespältige Erfahrung, weil die individuelle Handschrift mit ihren individuellen Ticks (gekünstelte ornamentale Bogen, der Strich im dänischen Ø wirkte, als würde

Sören ein flüchtiges Kreuz machen, wellenförmige Unterstreichungen) zwanghaft verbürgerlicht und gleichgeschaltet wurde, genormt in Reih und Glied erschien, ohne persönliche Charakteristika, ohne Eigenheiten. Man sah den Buchstaben nicht mehr die Gestimmtheit an, mit der Sören sie damals aufs Papier geworfen hatte: wie Sören in Berlin zunächst in Fahrt gewesen war; die Buchstaben hatten geflügelte Sandalen getragen. Wiederholung! Wiederholung! Dann verrieten Passagen eine zunehmende Gereiztheit, weil die beengte Wohnung mächtig auf die Stimmung drückte.

Der Text hatte sich verselbständigt, war seltsam fremd geworden, die Stimmung gesetzter, die Brüche weniger offensichtlich. Wenn Sören jetzt auf die Sätze starrte, blickte ihn ein Fremder an, ein weitläufiger Verwandter, der posierte, der ihn nachahmte, aber nur begrenztes Talent besaß. Bleierne Sätze, bleierne Zeit. Er fühlte sich unwohl. Ein regenverhangener Himmel draußen, der machte, dass der Horizont einlief. Und er wollte, dass der Text wieder an ihn erinnerte!

Sören las die Zeilen laut vor, versuchte ihnen Leben einzuhauchen, aber oft zog der Text dann eine Grimasse, griente nur, als sei er verrückt geworden. Der Text höhnte, feixte, schlug sich auf die Schenkel. *Wiederholung! Wiederholung!* Jeder Satz erhielt einen anderen Sinn, marschierte in eine entgegengesetzte Richtung, machte Mätzchen, und Sörens Stimme konnte sie nicht zur Ordnung rufen. Stillgestanden! Aber sie erkannten seine Autorität nicht länger an. Der Aufstand der Bleimassen.

Und da war keiner, der ihm beistand.

Gewöhnlich half es, wollte Sören den fremd gewordenen

Text zurückerobern, handschriftliche Korrekturen anzubringen. Er strich dann im Text herum, hinterließ Spuren, Wunden, zerstörte das Schriftbild, um es neu zu erschaffen. Oft reichte sogar ein kleines Füllsel, und schon erkannte er sich wieder, fand neuerliches Zutrauen – eine Selbstverletzung, eine kleine Entleibung, um zu überleben. Manchmal, wenn der Schmerz zu groß war, das Fremdeln ungeheuerlich, dann tobte er durch den Text, dachte nicht an den Verleger, dachte nicht an den Setzer, dachte nur an seine Angst.

Regine war seit einer Woche verlobt.

Die Realität hatte seinen Text überholt, und er musste sich ihr beugen. Die Wirklichkeit, die er immer beschworen hatte, machte ihn zum Täter. Er spürte sie mit jedem Strich, mit dem er eine Passage auslöschte. Er musste seinen Text zerschneiden und der Wirklichkeit anpassen. Es gelang ihm nicht bruchlos. Die Stellen über die Verlobung störten das Gesamtbild, wirkten läppisch, oft zynisch. Dieser Text starb beinahe unter seinen wütenden Attacken. Blut. Überall Blut. Abgestumpft hockte er nach der Tat vor seinem eigenen Fleisch und Blut.

Aus dem Text schaute ihn jetzt ein zerrütteter Sören an. Seine Gestalt war alternd, schön war sie nicht.

Und Sören floh die Bleiwüste, rannte ins Theater, aber die Wüste wanderte hinter ihm her.

Du suchst die Wirklichkeit, Sören?

Ja.

Gaff nicht in den Himmel! Hier unten findest du sie.

«Wir werden noch den ganzen dänischen Wald roden müssen, um alle Ihre Bücher zu verlegen, Herr Magister. Von unserem geliebten Jütland wird nicht mehr übrig bleiben als eine steinige Wüste.»

So viel zu Sörens Schreibwut.

Der Verleger bewegte sich leise in seinem dunklen Büro, das sich gegen die angrenzende Werkstatt kaum behaupten konnte. Überall Papiere, Bürsten, Rollen, Setzkästen. Der Kopf seines Verlegers wirkte zu groß für den kleinen, schmächtigen Körper, als habe sein Gehirn durch die tägliche Lektüre der Manuskripte an Volumen zugenommen. Bücher waren sein Kreuz. Sollte doch sein Körper sehen, wo er blieb! Der hatte nur dafür zu sorgen, dass sein Kopf überall hinhuschen konnte. Mehr nicht.

«Ihre neuen Werke verlangen sehr viel Geduld vom Publikum, Herr Magister.»

Jetzt huschte er wieder durch den Raum, einen Stapel Papiere auf den Armen, als wiegte er ein Kind, verschwand in der Werkstatt, war nach kurzer Zeit zurück. Sören saß in einem verschlissenen Sessel und wartete geduldig wie ein Hund. Schon wieder ein neues Buch, Sören!

«Der Herr Magister ist ein Mann von Welt. Der Herr Magister wissen, dass sich kaum noch ein Mensch plagen will. Der verehrte Herr Heiberg ist zuweilen auch ganz verzweifelt. Das Publikum verlangt nur noch Lustspiele von ihm. Und er muss das Publikum bedienen.»

Lustspiele? Nein. Damit konnte Sören nicht dienen. War es lustig, ein Buch zu schreiben über das Paradox, dass Gott Mensch geworden war? Ein Buch zu schreiben über die Erbsünde? Nein. Seine Werke *Philosophische Brocken* und *Der Begriff Angst* waren nicht lustig gewesen. Sören untersuchte seinen Zeigefinger. Auf der Kuppe hatte sich eine leichte

Hornhaut gebildet, Beweis dafür, dass er tagelang geschrieben hatte. Er war ein Handwerker. Auch er.

«Bedenkt man die Vorlieben des Publikums, dann sind zweihundert Leser eine ganz schöne Zahl. Sie dürfen sich glücklich schätzen, Herr Magister.»

Sören prüfte mit der rechten Hand die Qualität eines Papiers. Die Geschäftigkeit seines Verlegers griff von seinen Muskeln Besitz. Ein edles Papier. Ja. Ja.

«Zweihundert Gerechte, das sind bedeutend mehr als Sodom sie einst aufzuweisen hatte!»

Sören stand auf, ging im Zimmer auf und ab. Blieb vor dem Schreibtisch stehen. Legte die Faust auf sein Manuskript.

«Wie gesagt, Herr Magister, zweihundert Leser sind zu viel, um Gott zu verfluchen. Aber Sie müssen verstehen! Ich bin Verleger und habe Ausgaben zu bestreiten, und zweihundert Leser sind für einen Verleger entschieden zu wenig.»

Sören nickte. Sein Verleger hatte Recht. Natürlich. Auch sein Vater war Kaufmann gewesen.

«Ich hatte mir gewünscht, sie würden eine Arbeit in der Qualität des *Tagebuchs des Verführers* vorlegen. Ich könnte mir vorstellen, dass das Publikum ganz begierig auf eine Fortsetzung wartet.»

Sörens Augen brannten durch den Staub.

«Zunächst hatte ich den Eindruck, ihr neues Werk, *Stadien auf des Lebens Weg,* böte eine vergleichbare vergnügliche Lektüre, aber die Gedankenschwere überwiegt und verprellt das große Publikum.»

Sören presste hervor: «Was schlagen Sie vor?»

«Eine simple Rechnung. Sie übernehmen die Kosten für

den Druck und bekommen von jedem verkauften Exemplar ein erkleckliches Endgeld zurückerstattet.»

Dieser große, von einem Leuchter angestrahlte Kopf. Sören verzog den Mund wie ein Hund, der den Mond anbellen will. «Einverstanden. Sie können bereits morgen über das Geld verfügen.»

Dann der Umschwung.

Er kündigte sich an wie eine leichte Schwüle. Eine einsetzende Mückenplage. Die nicht verblassenden Bilder der Kindheit wurden aufgerufen. Der Arzt hatte am Abend nach einem Badetag – war er zwölf Jahre alt gewesen? – dreiundvierzig Pusteln gezählt, entzündete Mückenstiche, die von Fieber und Schüttelfrösten begleitet wurden. «Streuselkuchen», scherzte seine Schwester Nicoline Christine. «Beulenpest», sein Bruder Niels Andreas. Seitdem versteckte sich Sören vor den schwülen Sommertagen, schloss sich weg, wenn eine Mücke ihn aufschreckte. Eindringlich hatte er damals Regine vor Wanderungen am Sund gewarnt, weil Mücken tückische Krankheiten übertragen würden: Gicht, Blutfluss, sogar Hysterie. Abends lag er stets eine Minute flach atmend im Bett und horchte die Stille ab. Schlief er, dann blieb zumindest ein Ohr auf dem Posten, das sofort Alarm schlug, wenn ein Sirren den Angriff einer Mücke ankündigte. Sörens Körper leistete dann die schnellsten Bewegungen, die ihm zur Verfügung standen. Die Entdeckung der Schnelligkeit. Hervorgepresste Flüche in einer fremden Sprache. Der Geist blieb so lange aus seinem Körper ausgesperrt, bis ein Fleck auf der Wand das Ende der Jagd dokumentierte. Sein Geist schlich dann in seinen Körper zurück, und prompt fand dieser die eigene Geschwindigkeit wieder. Sören träumte in der vertrauten Sprache. Nur ein Ohr blieb wachsam.

Sören ging auf dem Strög flanieren. Zweimal bereits hatte er Frauen tuscheln hören: «Da kommt Entweder-Oder.» Während der ersten Monate hatte er das Gerücht zu zerstreuen versucht, immer wieder öffentlich bestritten, Autor dieses Buches zu sein, dann hatte er die Gerüchte genossen. Jetzt fand er das Etikett lästig, eine Plage, die ihn fiebern ließ. Er wollte nicht auf ewig mit diesem Buch identifiziert werden. Er hatte sich weiterentwickelt. Er hatte *Entweder-Oder* neu geschrieben, aber sein Buch *Stadien auf des Lebens Weg*, das die ästhetische und ethische Lebensform um eine religiöse ergänzte, weil die ethische Lebensform den Menschen überforderte, fand nur wenige Leser, zumal Kierkegaard seinerseits seinem Lesepublikum entschieden zu viel zumutete. Sein Verleger hatte Recht behalten. Zweihundert gerechte Leser in Kopenhagen – davon zirka einhundertachtzig Frauen.

Wie unelegant es aussah, als er jetzt mit dem Handrücken nach einer Mücke schlug. Ein Dandy mit Zuckungen. Genau in dem Augenblick stand er vor ihm: Peder Ludvig Möller.

«Auch Cäsar soll gelegentlich ohne äußeren Anlass in Zuckungen verfallen sein, lieber Sören. Alle großen Männer dieser Welt hatten dieses aparte kleine Leiden. Kleopatra schob ihrem Verehrer dann einen kleinen Holzkeil in den Mund, damit der sich nicht die Zunge abbiss. Leider habe ich keinen Keil zur Hand, mein Bester, aber ich frage mich auch, ob es nicht besser wäre, wenn du dir die Zunge abbissest. Vielleicht wüsste die Hand, wenn sie nicht länger von der Zunge souffliert würde, nicht mehr, was sie schreiben soll.»

Wer nicht für mich ist, der ist wider mich! Gegen diese

Maxime war nichts einzuwenden. Möller lebte danach. Er hatte sich zunächst geschmeichelt gefühlt, als Vorbild für Johannes den Verführer gedient zu haben. Und Sörens Entlobungsfarce schien seine Lebenskunst aufs Trefflichste zu bestätigen. Aber die neuen Bücher von Sören ließen keinen Zweifel zu, dass Sören Möllers ästhetische Existenz verachtete, nicht, das wäre zu verzeihen gewesen, weil er, müde gekämpft, jetzt die Sache der Ehemänner vertrat und ein Vertreter der Sittlichkeit und ein Scharfrichter des Sittengesetzes geworden war, sondern weil er sich für etwas Besseres, für etwas Außerordentliches hielt, für eine religiöse Ausnahmeexistenz. Wer nicht für mich ist, der ist wider mich! Möller zog einen Stacheldraht um Sören.

«Du scheinst mir religiös überspannt zu sein, mein Lieber. Deine Freunde machen sich aufrichtige Sorgen. Vielleicht solltest du in meiner Gesellschaft noch einmal unsere gemeinsame Freundin Diana aufsuchen. Sie schwärmt noch immer von dir. Du hättest wahrhaftig alles gegeben. Das sei sehr selten.»

Sören schlug wieder nach einer Mücke. Vielleicht schlug er auch nach Möller. Aber Möller lachte nur.

«Ich verspreche dir, ich werde nicht mehr aus dem Haus gehen, wenn ich nicht einen Holzkeil eingesteckt habe. Du bist gemeingefährlich. Man muss das Publikum und dich selbst vor dir schützen.»

Möller ging einfach weiter. Eine Kriegserklärung. Aber sehr kultiviert übergeben.

Sören wusste noch nicht, dass der Krieg bereits ausgebrochen war. Manchmal konnte er Stimmungen, die erst keimten, erspüren. Manchmal konnte er, wenn er eine Abendgesellschaft besuchte, den Ärger herausfiltern, der mühsam unterdrückt wurde. Manchmal erahnte er an kleinen Gesten, wie zwei Menschen, die sich nahe gestanden hatten, sich nichts mehr zu sagen wussten. Aber er verstand sich nicht darauf, eine Gefahr zu wittern, die nur ihn betraf.

Er las: *Selbstaushöhlung.*
   Er las: *Gedankenfolter.*
   Er las: *Philisterei.*
   Er las: *Er bewegt sich in der Sprache wie ein englischer Clown.*
   Er las: *Krankhafte Phantasie.*
   Er las: *Verlebt!*
   Er las: *Seine Religiosität, welche auf die ganze Welt Verzicht tut, um sich mit sich selbst zu beschäftigen, kommt mir vor wie ein seelischer Kümmerwuchs, über den unser Herr und seine Engel lachen müssten. Eine solche religiöse Persönlichkeit, die sich nichts vornehmen mag und die keinen Schritt zu tun wagt, ohne erst alle möglichen Sünden berechnet zu haben, in die sie unterwegs fallen könnte, und ständig zitternd und bebend auf der Stelle steht, ist ein Unding, das weder im Himmel noch in der Hölle Platz finden kann, sondern nur in der verdünnten Luft der Reflexion.*
   Krieg, Sören! Das ist eine öffentliche Kriegserklärung. Sören las noch siebenmal den Text Möllers, soeben im ästhetischen Jahrbuch *Gaea* veröffentlicht. Dann riss er wahllos Sätze aus dem Zusammenhang. Aber sie behielten den schäbigen Unterton.
   Er trat ans Fenster. Er bewegte sich nicht, stand dort wie ein Schaufensterständer in der Auslage seines Schneiders.
   Erinnerungssplitter in seinem Kopf. Die Abende bei Madame Fousanée. Die Abende bei den Heibergs. Der ominöse

Abend. Irgendwann in dieser Nacht schob ihn sein Diener aus der Auslage und legte ihn aufs Bett. Am anderen Morgen lag er dort in Hose und Rock. Er traute sich nicht, das Elternhaus, in das er vor Jahren wieder eingezogen war, zu verlassen, glaubte, er sei zur Salzsäule erstarrt, die sich im Nebel auflösen würde. Er blieb erneut beinahe den ganzen Tag am Fenster stehen. Passanten wurden bereits auf ihn aufmerksam, zeigten mit dem Finger auf ihn: «Dort oben steht Entweder-Oder.»

Dann endlich trat er ans Schreibpult und reagierte. Sören schüttelte energisch den Kopf und versuchte, Möller aus seinem Hirn zu vertreiben. Er holte zum Gegenschlag aus. Auge um Auge, Zahn um Zahn. Möller machte sich Hoffnungen auf die Professur für Ästhetik an der Universität, denn Oehlenschläger trat nach diesem Semester in den Ruhestand. Möller war aber auch, wie Kierkegaard wusste, anonymer Mitarbeiter der Satirezeitschrift *Corsar*, machte sich in Glossen lustig über *tout* Kopenhagen. Verleumdungsklagen liefen ins Leere, weil die Pseudonyme nicht gelüftet wurden. Wer mit Spott überzogen wurde, tobte laut. Wer nicht vorkam, tobte leise. In der Zeitung *Faedrelandet* veröffentlichte Kierkegaard unter einem seiner Pseudonyme einen vernichtenden Artikel über Möller und lüftete dessen Verfasserschaft: «Überall, wo P. L. Möller schreibt, ist auch der *Corsar*.»

Damit war Möller als Universitätsprofessor unmöglich geworden. Nur wenige Tage später verließ er Kopenhagen. Berichten zufolge wollte er in Frankreich sein Glück machen.

Alles Gute, Möller! Reisen bildet!

Lieben können sterben.

O ja.

Die Ironie ist eine Schlange, Sören!

Sören hatte Möller aus sich herausgedrängt. Sein Gehirn war blutleer. Einsam war er auch. Phantomschmerzen quälten ihn. Die Stimmung war gelähmt. Er blieb im Bett und trauerte. Er trauerte um einen alten Freund. Er trauerte auch um die Lebensweise, die Möller verkörperte. Er trauerte um alle Erinnerungen, die er sorgfältig zusammenrollte und verbrannte. Flugasche verdunkelte den Raum. Es blieb die Peinlichkeit, sich verschätzt zu haben. Er atmete schwer. Lungenbläschen platzten wie Träume. Warum musste er zwanghaft alle Freunde von sich stoßen? War er ein Opfer seiner eigenen Maskeraden geworden? Er hatte den *Corsar* herausgefordert. Er hatte den wichtigsten Schreiber in die Wüste geschickt. Er hatte ironisch darum gebettelt, im *Corsar* verrissen zu werden. Wusste er nicht, wie gefährlich die Ironie war?

Wenn zwei Ironiker zusammentreffen, werden keine Kochrezepte getauscht, Sören! Dann wird der Gehirnsaft angedickt.

Ich glaube es nicht, Sören! Was heißt hier: Es haben doch alle gewusst, dass Möller und Meïr Aron Goldschmidt die Redakteure des *Corsar* waren! Ganz Kopenhagen hat auch gewusst, dass du der Autor von *Entweder-Oder* warst und dich unter vielen weiteren Pseudonymen versteckt hieltest! Was heißt hier: Über den autobiographischen Roman *Der Jude* aus der Feder Goldschmidts hättest du dich öffentlich sehr positiv geäußert. Was heißt hier: Du hättest Goldschmidt ermuntert, als Herausgeber tätig zu werden. Darf man ungestraft so naiv sein?

Der Diener brachte ihm einen schwachen Tee ans Bett und legte die Post dazu. Minutenlang beäugte Sören die Zeitschrift, die unter den Briefen hervorlugte. Plötzlich hielt er sie in der Hand, blätterte sie auf und erschrak, weil sein Gehirn noch nicht wieder durchblutet war, mit einiger Verzögerung. Die Satirezeitschrift *Corsar* wollte ihn vernichten, das war offensichtlich! Er hatte einen Verriss seines letzten Buches erwartet. Nach allen Regeln der Kunst. Er fand sich auch karikiert, aber nicht seine Texte waren entstellt, sondern man hatte ihn verzerrt. Durfte man das? Der Körper markierte doch die Grenze der Freiheit!

Zähflüssige Tränen rollten ihm die Wange hinunter. Die Karikaturen höhnten über seine dünnen Beine und seine Vorliebe für steife Stiefel. Sie verhöhnten seine kurzen Hosen. Sie zeigten Sören, wie er auf der Schulter Regines thronte und sie «zuritt».

Nur flüchtig tröstete sich Sören mit dem Urteil, die Karikaturen seien schlecht getroffen und nur wenige Kopenhagener würden ihn wiedererkennen. Dann aber stieß er auf eine Karikatur von Regine: eine Furie, die ihn einen Verrückten schalt. Er erkannte Regine sofort. Ihre Korkenzieherlöckchen! Ihr Lieblingskleid! Nein. Es gab kein Entrinnen. Heute nicht. Morgen nicht. Er war jetzt gefangen hinter der Schraffur eines schwachen Zeichners. Er konnte die Existenz von Goldschmidt vernichten, so wie er die Existenz von Möller vernichtet hatte, aber er konnte nicht diese Zeichnungen ausradieren.

Unbewusst betastete er seine Beine. Sie waren in der Tat sehr dünn. Seine Hände scheuten zurück. Auf dem Stuhl lag seine Hose. Er war jetzt dazu verdammt, sie zu tragen, wenn er nicht feige fliehen wollte. Seine Stiefel. Längst hatte er neue kaufen wollen. Diese nun mussten an seinen Füßen festwachsen. Es gehörte ab heute zu seiner Passion, diese Stiefel bis ans Ende seiner Tage öffentlich auszuführen. Das Ende eines Dandys.

Stiefelknecht.

So lautete das Urteil.

Auch der Bierzapfer grüßte ihn nicht mehr.

Er nahm eine Kutsche. Es regnete, aber das war nicht der Grund. Es war kalt, aber das war auch nicht der Grund. Sören fror, weil ihm die Menschen, die ihm auf der Flanierstraße begegneten, demonstrativ die kalte Schulter zeigten – eine Abstrahlungskälte, die durch alle Kleidungsstücke drang. Er kühlte innerlich aus. In ihm wuchs das Eis, kalte Eiszapfen, die ihn bei der kleinsten Bewegung quälten. Seine Körpertemperatur sank mit jedem Tag. *Frozen.*

Auch der Bierzapfer grüßte ihn nicht mehr.

Wenn die Kutsche durch die regennassen Straßen fuhr, spritzte das Wasser auf, als würden die Pfützen gepflügt. Sören kauerte in einer Ecke der Kutsche, die Augen halb geschlossen, beschäftigt mit der Galerie seiner Vergangenheit. Zwei helle quadratische Flecken sprangen ihm im ersten Saal ins Auge. Er weigerte sich, die Namen laut auszusprechen, als seien es böse Kobolde, die bei jeder Anrufung ihr Unwesen trieben. Er eilte in einen anderen Saal, zögerte kurz, hängte dann weitere Bilder ab. Madame Fousanée, die Seele der Konditorei, hatte ihn erst gestern mit betonter Reserviertheit bedient, nachdem sie ihn eine volle Viertelstunde hatte warten lassen. Sie stellte ihm den Kaffee hin, als sei er ein Leprakranker. Wie gern hätte er ihre Hände ergriffen, kurz daran sich gewärmt, hätte sich auch mit einem Lächeln zufrieden gegeben, vielleicht mit einem knappen Nicken. Sören glaubte die erniedrigende Karikatur, die zeigte, wie er Regine zuritt, in ihrer Pupille gespiegelt zu sehen. *Ich hasse Pferde, Madame.* Als er das Bild abhängte, merkte er, wie schwer Madame Fousanée war.

Auch der Bierzapfer grüßte ihn nicht mehr.

Er ging in den (schlecht gelüfteten) Saal der Verstorbenen. Hier grüßten alle. Sören Michael, Maren Kirstine, Nicoline Christine, Niels Andreas, Petrea Severine. Sie grüßten mit der Vergangenheit. Nur Peter Christian blickte ihn aus der Gegenwart her an, überspannt, abweisend, nicht ganz von dieser Welt. Sören wischte den Staub vom Gemälde seines Vaters und erneuerte den Firnis, aber der Blick blieb verschattet, die Augenlider auf Halbmast.

Auch der Bierzapfer grüßte ihn nicht mehr.

Andersen. Nun gut! Er hing in einer schlecht beleuchteten Ecke. Andersen durfte dort hängen bleiben. Aber die Heibergs! Heiberg hatte seine ersten Bücher gönnerhaft in der *Fliegenden Post* besprochen, mit jedem Buch zunehmend verständnisloser reagiert und von einem antihegelschen Katarrh gemurmelt. Seine Frau hatte Sören neulich zur Seite genommen und den *Corsar* eine Schmierfinkenzeitschrift genannt. Sören solle sich diese unappetitliche Geschichte nicht so zu Herzen nehmen! Er habe große Talente, die solle er nicht vergraben, damit solle er wuchern. Sören nahm den Kerzenleuchter, der das Bild Heibergs erleuchtete und stellte ihn zu dem anderen Leuchter vor dem Bildnis Johanne Louises. Ihr Mann hing jetzt im Halbschatten.

Auch der Bierzapfer grüßte ihn nicht mehr.

Sören liebte es stets zu erfahren, was der Mann der Straße

dachte. Mit dem Bierzapfer im Hotel Royale sprach er häufig über alle Themen, die in Kopenhagen die Runde machten. Aber offensichtlich las dieser Mann auch den *Corsar*. Und
dort musste er lesen, dass Sören sich für einen außergewöhnlichen Menschen hielt und den einfachen Mann verachtete.
Und deshalb grüßte er Sören nicht mehr. Als Sören das Bild
abnahm, brach er unter dem Gewicht zusammen. Eiszapfen
in seinem Innern zersplitterten und fügten ihm schwere in-
nere Verletzungen zu, die nicht gestillt werden konnten.

Noch ein letztes Mal floh er für einige Wochen nach Berlin.

Eng anliegende Gefühle.

Er riss das Fenster auf, damit die Beklemmungen entwei-
chen konnten. Er verstand, schon wieder, die Welt nicht mehr.
Er hatte erwartet, man fühle sich leicht an, leichter noch als
bei einem erhebenden Gefühl. Atemleicht. Er kniff sich in
den Oberarm. Sein Mund sagte pflichtschuldigst «aua». Er
ging in die Küche, ließ sich von der Köchin ein Messer geben – «um ein Buch aufzuschneiden», wie er sagte –, eilte
zurück in seine Studierstube, ritzte sich in den Finger, saugte
das Blut auf, es war Blut, echtes Blut! Er war also auch kein
Wiedergänger, kein Gespenst.

Er rief nach seinem Diener.

«Welchen Tag haben wir heute?»

Sören und der Diener teilten nur eine blasse Geschichte.
Ihr Kontakt beschränkte sich auf die Petitessen des Alltags.
War sein Diener Anders verheiratet? Sören würde mit der
Antwort zögern, fragte man ihn. Er kam aus Lolland, ja,
hatte mehrere Jahre in Königsberg gedient – oder war es Riga
gewesen? Nur in einer Hinsicht war er sich sicher: So glei-

chermaßen verlegen wie bestürzt hatte sein Diener ihn noch nie angesehen wie in diesem Augenblick.

«Aber mein Herr! Will Er sich mit mir einen Scherz erlauben? Vor Stunden haben Ihre Bediensteten Ihnen eine kleine Aufwartung gemacht und Ihnen zu Ihrem Geburtstag die besten Segenswünsche übermittelt. Wir schreiben heute den 5. Mai 1847.»

«Und kann Er mir beweisen, dass wir heute dieses Datum schreiben?»

«Ich kann den Kalender holen, wenn der Herr Doktor es wünschen. Ich kann auch den Stadtschreiber befragen.»

«Nein, nein», brummte Kierkegaard und schickte seinen Diener hinaus.

Er zog sich seinen Ausgehrock an und eilte auf die Straße hinaus, nach hundert Metern benommen von der eigenen Geschwindigkeit. Im Kirchenamt traf er die Witwe Allbäck an, die damit beschäftigt war, einen Kassenbericht zu erstellen. Ältere Menschen schrumpften gewöhnlich, nicht so die Witwe Allbäck, die nach dem Tod ihres Mannes zu wuchern schien, um die Leere in ihrem Ehebett zu verdrängen. Ihr verstorbener Mann war häufig Gast seines Vaters gewesen. Geduldig begleitete Sören die Frau auf einen kleinen Ausflug in die Vergangenheit.

«Ihr Vater war ein so gütiger und herzlicher Mann. Für meinen Gatten waren es Festtage, wenn es hieß: Komm, lass uns zum Hause Kierkegaards gehen. Nur drei Monate nach Ihrem Vater ist mein lieber Mann heimgegangen. Manchmal will es mir scheinen, dass er so unbeschwert von mir ging, weil er im Himmel die Gespräche mit Ihrem Vater hoffte ohne Pause fortsetzen zu können.»

Sören nickte, verhielt sich still im Vakuum der Erinnerungen, fragte dann, eher beiläufig, ob es Mühe mache, das Kirchenbuch aus dem Jahr 1813 einzusehen, er habe nämlich keine sichere Erinnerung an seinen Taufvers. Die Witwe Allbäck war froh, Kierkegaard einen kleinen Dienst erweisen zu können. Sören blätterte scheinbar ruhig in dem Buch mit den abgestoßenen Kanten und den Schweißflecken unten auf den Seiten, bis er den entscheidenden Eintrag fand: Sören Aabye Kierkegaard, geboren am 5. Mai 1813, getauft am 12. Mai. Der Taufvers interessierte ihn nicht. Er kannte ihn auswendig.

Hier stand es schwarz auf weiß! Er war heute vierunddreißig Jahre alt geworden! Ein zweites Wunder war geschehen! Er hatte nicht nur seinen Vater überlebt, sondern auch die Prophezeiung, er könne nicht älter werden als der Heiland. Er hatte immer an allem gezweifelt, nur nicht daran. Er hatte sich deshalb auch keine Sorgen um seine Zukunft gemacht. Was sollte er aber jetzt mit dieser Zukunft anfangen? Und wie lange würde das Erbe seines Vaters reichen?

Er schlich zurück durch Seitenstraßen, die er gewöhnlich mied. Die Sonne vergrub sich im Horizont.

Er vergrub sich in seinem Zimmer.

«Ach, Sören! Du warst religiös etwas überspannt. Du hast es mit der *Imitatio Dei* leicht übertrieben. Deine Art der Nachfolge war eher eine angestrengte Wiederholung.»

«Kannst du überhaupt ermessen, was ein Fluch ist?»

«In meinem Roman *Doktor Faustus* …»

«Papperlapapp. Das ist Fiktion, nicht das harte Leben. Oder hast du in dieser Fiktion dein eigenes Leben gespiegelt? Fühltest du dich verflucht?»

«Ich komme aus einer Kaufmannsfamilie! Diese aberwitzigen Archaismen waren uns fremd.»

«Das entnimmt man diesem Roman überdeutlich, Verehrtester. Überdeutlich.»

«Wo waren wir stehen geblieben?»

«Die Verlegerei hat sich, wie ich jüngst meinte publik machen zu müssen, in den letzten Jahrzehnten kaum mit Anstand entwickelt.»

«Ach ja!»

Vertrieb.de

Neulich war ich auf einer Verlagsfeier. Vertrieb! Ich hörte in jeder Runde – mal gehaucht, mal hüstelnd, mal gepresst hervorgebracht – das Wort: Vertrieb!

Verlage bekommen zunehmend den zwiespältigen Charme von Vertriebenenverbänden, die sich ehrfürchtig um den Vertriebsleiter scharen, der bei Bedarf seine Controller ausschickt! Und alle kommen. Der Verleger persönlich muss vorbeischauen und Glückwunschadressen und Verbundenheitsbeteuerungen absondern, die Pressefrau gibt Pfötchen, und die Lektoren zeigen wenigstens beim Trinken Charakter.

Cover, *raunte der Vertriebsleiter. Fünfzig Prozent der Spontankäufer orientieren sich bekanntlich am Cover! Eyecatcher-Marketing, laute die Botschaft. Die Netzhaut wolle gespannt sein. Ganz grundsätzlich dürfe das Cover auch in einer gewissen Korrespondenz zum Inhalt stehen – dürfe, müsse aber nicht! Kein Fundamentalismus, bitte! Deutschsprachige Autoren liebten dunkle Themen. Dann müsse wenigstens das Cover die Funktion eines Aufhellers und Leichtmachers übernehmen. Cover müssten so leicht sein, dass sie ins Auge springen!*

Titel, *raunte der Vertriebsvize. Dreißig Prozent der Spontankäufer orientieren sich am Titel! Eingängigkeit sei Trumpf. Das sei kundenorientierte Alzheimer-Prophylaxe! Übrigens: Empirische Feldstudien hätten ergeben, dass männliche Käuferschichten beim Stichwort* Glocken *impulsiv reagieren.*

Inhalt, *raunte der Lektor. Er wurde vom Vertriebsleiter auf das Betriebsfest im Odenwald vertröstet und aufgefordert, auf dem amerikanischen Markt nach Schnelldrehern Ausschau zu halten. Das einzige Buch, das zähle, sei das Scheckbuch. Deutschsprachige Autoren, gleichgültig, ob Sachbuchautoren oder Belletristen, wolle, nach einem künstlichen Zwischenhoch, wirklich keiner mehr vertreiben.*

Backlist, *flötete der Lektor. Das sei nun aber wirklich obszön! Wisse der Herr Lektor überhaupt, wie explosionsartig die Kosten für die Lagerung gestiegen seien? Es gebe keine Longseller. Dieses von Versagern lancierte Branchengerücht gehöre endlich aus dem Wörterbuch der erfolgreichen Büchermacher gestrichen. Backlist – das sei der Arsch des Sortiments.*

Ich fühlte mich an dem Abend sehr gut unterhalten.

Victor Emeritus

Letzte Wege und die Kunst,
pünktlich zu sterben

«Meine Kräfte schwinden merklich. Lass mich bitte hier zurück, Tommy. Deine schwer belegte Luftröhre ist Warnung genug. Wir sind zwar unsterblich, aber nicht unbegrenzt belastbar.»

«Es geht, mein Liebster. Du hast einen so angenehmen Körpergeruch, wie Kaffee mit dickem Rahm, köstlich!»

«Und wenn wir ein Lufttaxi bestellen?»

«Mit Engeln reisen, das wirkt immer so hausbacken und leicht lächerlich.»

«Gestehe, du hast Angst vorm Fliegen!»

«Aber, wo denkst du hin! Ich empfinde nur eine gewisse Unterlegenheit, wenn ich Engel buche. Vielleicht sind es auch meine alten Vorurteile gegen die Beamtenschaft, die mich diesen Dienst meiden lassen.»

«Das trifft sich durchaus mit meinen Vorbehalten gegen das Amtliche überhaupt, Tommy.»

«Dann haben wir uns also geeinigt. Lass mich noch, bevor wir weitergehen, einen kleinen Vorbehalt deinem autobiographischen Roman gegenüber äußern – in aller Freundschaft natürlich.»

«Ich verstehe es durchaus, auch kleine Angriffe zu genießen. Ernste Kritiker sind mir sogar weitaus lieber als die flauen Nuschler.»

«Wo denkst du hin! Keine Vernichtung habe ich im Sinn, aber mir will es scheinen, dass du nahezu ängstlich die philosophischen Themen in die Innerlichkeit zurückverwandelst.»

«Das Publikum …»

«Du redest vom Publikum?»

«Das Publikum soll nicht davon abgehalten werden, meine Originaltexte zu studieren. Ein sehr honoriger Verlag hat alle meine Schriften auf seiner Backlist.»

«Ich habe in meinem *Zauberberg* …»

«Ein Ideenroman übt durchaus eine gewisse Anziehung auf das Bildungsbürgertum aus, aber, du verzeihst, ich wollte einmal selbst zu Wort kommen.»

«Authentisch?»

«Mein Bester, du verziehst dein Gesicht, als würdest du gleich ausspucken. Was ist gegen Glaubwürdigkeit einzuwenden? Meine Gefühle in dem Buch sind alle durchgestanden. Wo zeigen Schriftsteller heute noch echte Gefühle?»

«Das ist tief und wahr. Aber ob das dann den Menschenkindern hilft? In meinem *Zauberberg* …»

«Ich musste den Versuch unternehmen.»

«Eine reizende kleine Versuchung. Das Buch der Erkenntnis der wahren und falschen Empfindung! Herrlich. Du stehst in der Schuld, mir noch dein Ende zu berichten, das große Finale. Warum glaubst du, unserem Club nicht als Kassenwart zur Verfügung stehen zu können?»

«Ich habe den Tod zu einem bestimmen Zeitpunkt *gesucht.*»

«Nein! Das ist aber spannend. Erzähle, bitte, bitte!»

«Wenn ich jetzt fortfahre, verpassen wir aber den kleinen Empfang im Festpavillon.»

«Ich fände es sehr kommod, wenn du einfach auf meine

Schultern klettern würdest. Du bist ein solches Leichtgewicht. Ich werde dich kaum spüren.»

«Ich traue mich nicht ...»

«Doch, doch! Es wäre mir ein Fest!»

«Aber stell dir nur vor, Möller würde uns in diesem Aufzug sehen. Er würde sich gar nicht beruhigen können.»

«Was interessieren uns die Möllers dieser neuen Welt. Auf. Auf. Linkes Beinchen, jetzt das rechte Beinchen und hopp. Sitzt du bequem?»

«Vorzüglich, mein Tommy. Vorzüglich. Bin ich dir auch wirklich nicht zu schwer?»

«Nein, es ist sehr angenehm! Wo waren wir in unserer Erzählung stehen geblieben? Richtig. Du hattest dich zum zweiten Mal überlebt, du kleiner Rekordjäger.»

«Aber dann kam es doch ganz anders. Zunächst entdeckte ich den doppelten Sören.»

Der doppelte Sören.

Sören rieb sich die Augen, als würde er einen Spiegel putzen. Er sah nicht klarer, obwohl die Öllampe ein konturenscharfes Licht warf. Er kam sich vor wie ein Scherenschnitt, gearbeitet auf einem doppelten Bogen, den man auseinander gefaltet hatte.

Er hatte auf sein frühes Ende gewettet und sich heimlich an den Möglichkeiten berauscht, die das Erbe ihm bot. *Möglichkeiten über Möglichkeiten!* Projekte über Projekte! Dieser süße, harzige Geschmack des väterlichen Manna! Oft hatte er sich daran überessen, hatte sich in tausend Möglichkeiten und Projekte hinein- und wieder herausreflektiert, war dabei nicht unersättlich, aber leider schwermütig geworden. Ein schwermütiger Phantast. Welch hübsche Erfindung! *Ihm mangelte es vor allem an Notwendigkeit!* Er machte alles selbst, verhielt sich heroisch, spielte alle Möglichkeiten durch, wollte aber trotzig nicht anerkennen, dass seine Endlichkeit nicht zu bestimmen und vorherzusagen war. Das war seine Gestalt der Verzweiflung.

Jetzt hatte sich das Blatt gewendet. Er erlebte an sich selbst die Endlichkeit seines Vaters in Gestalt des schwindsüchtigen Erbes. Er drohte zu einem spießbürgerlichen Hausvater zu werden, verkaufte in höchster Not 1847 das väterliche Anwesen und verlor viel Geld durch die Inflation von 1848. Die Notwendigkeit und die Endlichkeit machten sich bemerkbar wie eine Gewitterschwüle. Morgens blieb er manchmal liegen, glaubte, die Anstrengung, Projekte zu machen und Entscheidungen zu treffen, nicht auf sich nehmen zu können, beschwor seinen Diener Anders, er möge ihn länger ruhen lassen. Nur noch ein halbes Stündchen! Er wäre sich in diesen Augenblicken gerne selbst losgeworden.

Steh auf, Sören! Nimm dein Bett und geh! Das kann dir niemand abnehmen! Tu es selbst! Du bist kein borniertes oder spießbürgerliches Selbst. Sei ehrlich: Du liebst Gänsebraten, Lachs, gespicktes Lamm! Was kümmern dich die finanziellen Reserven! Diese Gestalt der Verzweiflung passt nicht zu dir! Ein ehemaliger Dandy in verschlissenen und geflickten Hosen. Lächerlich!

Stimmt, nuschelte Sören, überwand die Müdigkeit und nahm die Last der eigenen Existenz auf sich, fühlte sich verdammt zur eigenen Freiheit und eingekerkert von der Angst, das eigene Leben zu verfehlen. Gab es eine Idee, für die es sich zu sterben lohnte?

Er hätte so gerne Ruhe gefunden, aber die Verzweiflung war die menschliche Krankheit zum Tode, der man nicht entfliehen konnte. Eine Gestalt der Verzweiflung, die phantastische Schwermut, hatte er sein ganzes Leben lang angezogen, eine andere, die spießbürgerliche Borniertheit, wenigstens für Monate übergestreift. Menschliches Selbstsein scheiterte, wie Sören einsah, wenn man die Abhängigkeit von einer unverfügbaren Macht nicht anerkannte. Gab es aber einen Maßstab, an dem man sich anlehnen konnte, der einem zeigte, wie man die Möglichkeiten und die Notwendigkeiten, die eigene Unendlichkeit und die Endlichkeit in eine glückliche Synthese brachte, um die Angst und Verzweiflung zu überwinden?

Sören kroch noch einmal durch alle Bücher seiner Bibliothek auf der Suche nach dem Maßstab, der mit dem Menschen eine gewisse Verwandtschaft und Identität haben musste und doch eine Vollkommenheit besaß, ein Ur-Maß war, ein Ur-Mensch. In immer kleiner werdenden Schleifen trieb es ihn zum Buch der Bücher zurück. Hatte nicht Christus diese scheinbar unmögliche Realisierung des Unendlichen und Ewigen im Endlichen und Zeitlichen geleistet? Waren seine Wunder nicht eine kleine Hilfestellung, um sich allen Menschen kenntlich zu machen? Und bestand das Wunder heute nicht darin, dass dieses Urbild des Menschen Sören zur Gotteskindschaft hinüberzog?

Sören hockte vor dem Buch. Man hätte es für eine gymnastische Übung halten können. Wie Kniebeugen. Wie ein Frosch vor dem Sprung. Dann schnellte er hoch, ein gewaltiger Sprung, als würde er die Schwerkraft überwinden und von etwas angezogen werden, was stärker war als der irdische Magnetismus. Er schwebte und landete dann sicher mit einem feinen Ausfallschritt. Er spürte eine mächtige, verwandelnde Kraft in sich. Die Angst fiel von ihm ab wie Eierschalen. Er durfte sich nicht länger in sich verschließen. Er musste Stellung beziehen. Einfach. Ganz einfach.

Der einfache Sören.

Aber so einfach war das nicht.

Wie sollte er, unter den eisernen Masken seiner Pseudonyme beinahe unsichtbar geworden, er, der sich in viele Helden aufgespalten und sich dabei beinahe selbst aus den Augen verloren hatte, wie sollte Sören Kierkegaard alias Victor Eremita alias Johannes de Silentio alias Constantin Constantius alias Johannes Climacus alias Vigilius Haufniensis alias Hilarius Buchbinder alias Anti-Climacus, wie sollte dieser Kierkegaard, der alle seine Leser bisher in die Wahrheit hineinzutäuschen suchte, der allenfalls in den *Erbaulichen Reden* die Zurückhaltung aufgegeben hatte, sich plötzlich offenbaren?

Und doch! Es gab keinen anderen Weg!

Sören schonte sich nicht. Er schonte sich nie, auch jetzt nicht, als er sich entschloss, mit Regine, die seit zwei Jahren verheiratete Regine, in Kontakt zu treten, um seine damalige, für niemanden verständliche Grausamkeit zu erklären, die eigentlich nicht zu erklären war, wenn er nicht seinen Vater doch noch verraten wollte.

Noch immer spürte er sie, wenn sie in seiner Nähe war, wenn ihr Blick ihn in der Kirche von hinten streifte oder wenn sie in einer Nebenstraße spazieren ging. (Manchmal floh er dann, manchmal suchte er ihr zu begegnen.) Noch immer roch er ihren Atem, wenn er ein Geschäft betrat, das sie vor zwei Tagen aufgesucht hatte. Noch immer filterte er ihre Stimme aus Hunderten im Foyer des Theaters heraus, fühlte ihre lastende Langeweile, sie, die noch immer Kinderlose.

Eine erste Annäherung misslang.

Als Sören auf einer seiner Ausfahrten nach Fredensborg in der Schifferallee auf Etatsrat Olsen traf, weigerte der sich, auch nur ein Wort mit ihm zu reden. Einige Monate später starb der Etatsrat. Sören blieb jetzt keine andere Wahl, als eine Annäherung über den Ehemann zu versuchen, wollte er Regine nicht kompromittieren. Er entwarf und verwarf viele Briefe. Der endgültige Brief, in einem verschlossenen Kuvert an den Gatten expediert, war stilistisch schlicht, ohne jeden Schnörkel:

An Regine Schlegel
Deines Vaters Tod hat mich umgestimmt und bestimmt; ich habe es mir anders gedacht.

Grausam bin ich gewesen, das ist wahr; warum? Ja, das weißt Du nicht.

Geschwiegen habe ich, das ist gewiß; Gott allein weiß, was ich gelitten – gebe Gott, dass ich nicht doch, sogar jetzt, zu früh rede! Mich verheiraten könnte ich nicht; sogar wenn Du jetzt noch frei wärest, ich könnte es nicht.

Mittlerweile: Du hast mich geliebt, so wie ich Dich; ich schulde Dir viel – und Du bist jetzt verheiratet: nun wohl, ich biete Dir, zum zweiten Mal, was ich Dir bieten kann und darf und muß: Versöhnung.

Ich tue es schriftlich, um Dich nicht zu überraschen und zu über-

wältigen. Meine Persönlichkeit hat einstmals vielleicht zu stark gewirkt; es soll nicht das zweite Mal geschehen. Doch überlege um Gottes im Himmel willen ernstlich, ob Du Dich darauf einlassen darfst, und falls es an dem ist, ob Du sogleich mit mir sprechen willst oder erst einige Briefe wechseln.

Ist Deine Antwort: Nein – nun, so würdest Du Dich, um einer bessern Welt willen, daran erinnern, dass ich auch diesen Schritt getan habe.

Dein Dir, in jedem Fall, wie von
Anbeginn an so bis zu diesem Letzten
Aufrichtig und ganz ergebener   S. K.

«Wenn ich dich unterbrechen darf, lieber Sören! Göttlich, du bist ein Meister des Gedankenstrichs! Drei Gedankenstriche und drei kleine Vorwürfe – ihr Theologen könnt es doch nicht lassen, immer alles dreifach zu machen: Die liebe Regine hat nicht begriffen, dass du ein von Gott Auserwählter bist; sie hat zweitens die kleine Unverschämtheit besessen zu heiraten und war drittens nicht großherzig genug, den ersten Schritt einer Annäherung zu wagen. Trotz dieser Verfehlungen reichst du ihr großzügig die Hand zur Versöhnung. Ich bin beeindruckt.»

«Vielleicht solltest du künftig für mich die Post erledigen.»

«Sei nicht beleidigt. Es hatte sich bei dir in den Jahren eben sehr viel aufgestaut. Perfekt …»

«Perfekt, erledigt, ja? Hast du nicht in deinem *Zauberberg* die etwas kühne These aufgestellt, Krankheit und Verzweiflung seien Formen der Liederlichkeit?»

«Ach ja? Ich erinnere mich gar nicht.»

Schlegel reichte den Brief nicht an seine Frau weiter, sondern schickte ihn ungeöffnet mit einem erbosten Begleitbrief zurück an den Absender.

Sören, er fühlte sich in der Einschätzung von Regines Ehemann vollauf bestätigt, konzentrierte sich jetzt auf seine religiöse Sendung. Er glaubte sie zunächst noch in der Kirche beheimaten zu können, deshalb suchte er an einem Freitag Bischof Mynster auf.

Wie ein Schuljunge, der erwartet, vom Direktor das Ende seiner Schullaufbahn mitgeteilt zu bekommen, so saß Sören auf der äußersten Kante des mächtigen Lehnsessels, ängstlich darauf bedacht, nicht in dem ausgedellten Sitzkissen zu verschwinden.

«Sie sind ein Geist von großer Produktivität, Herr Magister. Bereits als Kind glaubte ich diese Gaben in Ihren gewitzten Augen, die mich immer so fasziniert haben, lesen zu können! Mit dieser Gabe haben Sie während der letzte Jahre wahrlich gewuchert. Ich finde kaum die Zeit, jedem Ihrer Gedankengänge, die sich zuweilen auch im Unterholz zu verlieren drohen, hinterherzueilen. Sie überfordern Ihr geneigtes Publikum ein wenig. Wollen wir mal hoffen, dass diese mit Ausdauer betriebenen Exerzitien nicht zu einer versteckten Form der Werkgerechtigkeit gehören.»

Bischof Mynster lehnte sich zurück. Durch sein Alter wirkte er noch erhabener als früher. Sein Mund bildete langsam eine leichte Kurve. Sörens Blick folgte dieser Kurve zu entschieden, wurde herausgeschleudert, streifte die riesige Bücherwand hinter dem ausladenden Schreibtisch, prallte von einem Pfosten ab und landete vor seinen eigenen Füßen.

Seine Stiefel waren schlecht geputzt. Eingetrocknetes Schmelzwasser hatte eine nervöse weiße Linie auf dem schwarzen Leder zurückgelassen.

«Welche Vorwürfe machte sich weiland Ihr Vater, der sich so eindringlich auf die Mildtätigkeit geworfen hatte! Meine Schwermut wohnt in ihm, sagte er oft in hörbarer Verzweiflung. Viele Male habe ich ihm die Sorge zerstreuen müssen, dass sein Sohn in dieser Welt eines Tages ohne Einkommen dastehen würde. Die Sorgen waren unbegründet. Sie sind zu einer Zierde Dänemarks und weit über die Grenzen unseres kleinen Landes hinaus ein bekannter Mann geworden. Wie würde Ihr Vater sich freuen, wenn er das erleben dürfte. Und wie stolz bin ich, dass ich die Ehre hatte, mit Ihnen über Ihre Bücher zu reden und zu diskutieren.»

Bischof Mynster erhob die Hände, als würde er Sören segnen. Sören senkte demütig das Haupt.

«Mit großem Wohlwollen registriere ich auch Ihre Entschiedenheit, mit der Sie die Sache des Christentums, die in Lauheit unterzugehen droht, vertreten. Ihr Buch *Die Krankheit zum Tode* ist von einigem Wert. Ich glaube aber auch zu entdecken, dass Sie mit unserer Kirche nicht ganz zufrieden sind und argwöhnen, wir hätten es uns in dieser irdischen Welt ein bisschen zu bequem eingerichtet.»

Sörens schmale Schulterblätter schienen in Sekundenschnelle zu verwelken. Ein Strich in der Landschaft dieses Zimmers. Je schmaler Sören wurde, desto imposanter wirkte die Gestalt des Bischofs Mynster.

«Natürlich lebt die Kirche zwischen den Zeiten Jesu und seiner Wiederkunft. Aber diese Wiederkunft verzögert sich, und wir müssen stark sein, um der Welt zu trotzen. Kein Ver treter der weltlichen Mächte würde auf uns hören, wenn wir in dieser Welt keinen Stand besäßen.»

Dieser letzte Satz wirkte wie ein Paukenschlag! Bischof Mynster als Trommler für eine starke Kirche.

«Sie, mein lieber Sören Kierkegaard, haben es entschieden leichter. Sie sind ein Privatgelehrter und Vertreter einer vielbändigen Privatreligion. Sie suchen Gott in Ihrem Innern. Sie sind der selbst ernannte Dekan der eigenen Innerlichkeit. O ja. Ein jeder Christenmensch muss seine Eingeweide erforschen! Aber Ihre unbedingten Forderungen sind ungeheuer. Sie verstehen zu verzaubern, das ja, aber Sie trauen sich nicht zu führen und voranzugehen! Ihre Privatreligion ist für die Masse meiner Gläubigen eine große Überforderung – will sagen: Ihre Privatreligion ist – bei aller Sympathie – vielleicht doch etwas ungnädig.»

Sören hob endlich den Kopf. Bischof Mynsters Mund bildete eine noch steilere Kurve. Sollte dieses Lächeln etwa Güte vermitteln? War es nicht eher eine Fratze? Das nur mäßig unterdrückte Lachen des Teufels? Sören hatte Bischof Mynster aufgesucht, um nach einer Pfarre zu fragen. Wie hatte er nur auf diese Idee verfallen können! Weg mit allen Kompromissen! Lieber tot als eine Made im Speck der Kirche!

Ein letzter Händedruck. Ein endgültiger Abschied von dem Traum seines Vaters, Sören möge Pfarrer werden. Ein Abschied auch von einem langjährigen Vertrauten.

Sie trafen sich lebend nicht wieder. Sören sprach, nachdem auch seine *Einübung im Christentum* vom Publikum ignoriert worden war, beinahe nur noch mit seinem Tagebuch, das zur Bibel seiner Privatreligion wurde.

Sören glaubte, seine Drüsen wären gelähmt, tastete verstohlen seine Tränensäcke ab, drückte mit dem Zeigefinger hinein, aber sie fühlten sich weich an, offensichtlich gut gefüllt; er entdeckte auch keine Knoten, die auf eine Verstopfung schließen ließen; alles unauffällig, aber die Tränen fanden trotzdem nicht den Weg nach draußen. Er, der Hochsensible, der so leicht in Rührung geriet, schien sehr gefasst, hart, unerschütterlich.

Seine Banknachbarin, Johanne Louise Heiberg, fand die Tränen, weinte leicht, um nicht als kalt zu gelten und um gleichzeitig zu demonstrieren, dass ein toter Bischof von seinen Hinterbliebenen eine starke Glaubenszuversicht erwarten durfte. Ihr Weinen hatte, wie alles an ihr, Stil. Kierkegaard schien die Fassung etwas zu übertreiben. Sören spürte den Blick von der Seite, massierte noch einmal seine Tränensäcke, aber die Drüsen blieben gelähmt. Wie gerne hätte Sören mit verweinten Augen dem Bischof Mynster die letzte Ehre erwiesen. Sie hatten sich entfremdet, das ja, aber in diesem Augenblick, als die Orgel ergriffen aufstöhnte und in der ganzen Kirche einen Sog erzeugte, der bei allen Trauernden nicht ohne Wirkung blieb, dachte Sören nicht ohne Dankbarkeit an die Besuche zurück, die Bischof Mynster seinem Vater gewidmet hatte, erinnerte sich auch mit Sympathie an die Gespräche mit ihm, die erst während der letzten Jahre schleppender geworden waren.

Professor Martensen betrat die Kanzel. Nein, Sören! Sei gerecht! Hier ist nicht der rechte Ort und die rechte Zeit für Animositäten. – Aber er wird die Predigt missbrauchen! Er wird predigen, um sich als künftiger Bischof zu empfehlen. Er wird eine Bewerbungspredigt halten, damit alle hinterher

in den Chor einstimmen: Dieser hier ist ein würdiger Nach-
folger. Man wird den weißen Atemhauch als weißen Rauch
deuten. *Habemus papam.* Wir haben einen neuen Bischof. Und
alle werden zufrieden sein! – Aber Martensen hat doch Qua-
litäten. Er ist der bekannteste Theologe Dänemarks. Ein
Theologe von Format! – Ach ja? – Er ist ein idealer Kandidat, mit hohem diplomatischen Geschick ausgestattet, um
die Belange der Kirche zu vertreten. – Wir benötigen keinen
Diplomaten. Wir benötigen einen Hirten. Soll er doch Poli-
tiker werden! – Im Namen von Bischof Mynster und im Andenken an deinen Vater: Halte ein!

Sören nickte unmerklich, aber dann tönte Martensen in
seiner Predigt: «Bischof Mynster war ein großer Wahrheitszeuge!» Sören schüttelte den Kopf. Das war ungeheuerlich.
Ein Wahrheitszeuge war jemand, der für die Lehre Leiden ertrug. Ein Wahrheitszeuge war jemand, der keinen Genuss
kannte. Ein Wahrheitszeuge war jemand, der in den Kampf
der Innerlichkeit eingespannt wurde und Seelenqualen aus-
hielt. Ein Wahrheitszeuge war jemand, der in der Armut
lebte, verfolgt wurde, dessen Leichnam man schändete und
dessen Asche man in alle Winde zerstreute.

Sören hatte Bischof Mynster niemals leiden sehen. Er verstand sich auf die Genüsse dieser Welt, schätzte Fasan und
einen guten Roten. Seelenqualen? Nein. Sören war sich sicher, die kannte er nicht. Er war auch kein Vertreter des Entweder-Oder, sondern des Einerseits-Andererseits. Er starb
einen leichten Tod und wurde von seinem Nachfolgerbewer-
ber fürstlich bischöflich bestattet und nachträglich mit dem
Orden des Wahrheitszeugen dekoriert. Ein Wahrheitszeuge?
O nein! Mynster spielte Christentum, so wie man als Kind

Krieg spielte und alle Gefahren banalisierte. Schweig, Martensen! Schweig!

Sörens Drüsenlähmung ließ nach. Die Tränen fanden den Weg ins Freie. Aber Sören weinte nicht aus Rührung, sondern weil er sich ärgerte. Er stand auf und ging. In dieser Kirche war für ihn kein Platz mehr.

Johanne Louise Heiberg schaute ihm verwundert und kopfschüttelnd hinterher.

Er war sich dieser Geste gar nicht bewusst, aber wenn Sören eine Entscheidung fasste, dann legte er den Zeigefinger auf die Nasenspitze und drückte sie etwas platt. Kannte man die Geste, dann wusste man: Der Augenblick der Entscheidung war gekommen. Seine Vermögensverhältnisse ließen keinen Aufschub mehr zu. Er konnte es sich unmöglich vorstellen, der Allgemeinheit zur Last zu fallen. Ihn quälte die Vorstellung, von einem kirchlichen Armengeld leben zu müssen und einen Mittagstisch bei einem Pfarrer in der Vorstadt zugewiesen zu bekommen. Eine Gnadenfrist auf Rechnung der Samt- und Seidenpfarrer! Undenkbar!

Und deshalb wählte Sören den Tod, so wie Jesus den Tod gewählt hatte. Er legte nicht Hand an sich, aber erkor einen Gegner, dem er, der schwache Sören, unterliegen würde. Dieser Gegner hieß Martensen und die dänische Amtskirche.

Wir sehen Sören rechnen. Dann sehen wir, wie er zu seinem Verleger und Drucker rennt. Er überfällt ihn mit dem Vorschlag, eine Zeitschrift zu gründen. Titel: *Der Augenblick*. Moment. Nein! Keine Verzögerung! Keine lächerlichen Spiele der Verstellung. Keine Tiraden über Lesefaulheit, über untreue Abnehmer und Preissprünge auf dem Papiermarkt. Keine Sorge, Herr Verleger. Ich setze eine beträchtliche Summe ein. Ich liefere zwanzig Seiten Text. Wie viele Zeitschriften kann man drucken? Eine einfache Rechnung. Fünfzehn? Zwanzig? Was sagt er? Nur zehn? Nun gut! Dann eben zehn! Schlagen Sie ein! Ich liefere in fünf Tagen.

Sören wuchs an seinem Schreibpult fest. Er schrieb ohne Rücksicht. Er wütete. Bereits in der ersten Nummer forderte er den Leser auf: *Nimm ein Brechmittel, um die Krankheit ganz zum Ausbruch kommen zu lassen!* Prompt setzte in *tout* Kopenhagen ein kollektives Gewürge ein. (Texte als Brechmittel. Ohne ärztliche Verschreibung. Das war eine echte Entdeckung.) Bestialischer Gestank zog durch die Gassen. Sören blieb bei seinem Rezept: Was ich verschrieben habe, habe ich verschrieben!

Sören wütete weiter. Seien wir ehrlich. Er hatte vor Jahren nicht von ungefähr den *Corsar* gründlich studiert. Er wusste, wie man Stimmung machte, verstand sich auf eine Schwarzweißmalerei, die ohne Zwischentöne auskam. Er kontrastierte das biblische Christentum mit dem dänischen Amtschristentum. Pfarrer waren Menschenfresser. Pfarrer waren verdruckste Schauspieler. Pfarrer waren eine spanische Wand, die die Heucheleien der Welt hübsch verkleideten.

Worin bestand also die Aufgabe? Es kam darauf an, die Namens-Christen abzuschütteln und die lügnerische Ausbreitung nicht länger zu fördern, sondern zu unterbinden! Das war die welthistorische Aufgabe! Eine außerordentliche Aufgabe für einen außerordentlichen Menschen!

Nur einmal hätte er sich beinahe verraten, als er nämlich drucken ließ: «*Wie der Mensch – natürlicherweise – begehrt, was die Lebenslust nähren und beleben kann: genauso braucht einer, der für das Ewige leben soll, ständig eine Dosis Lebensüberdruss, damit er sich*

*nicht in diese Welt vergafft, sondern vielmehr recht lernt, durch die Tor-
heit und Verlogenheit dieser elenden Welt angewidert, gelangweilt und
angeekelt zu werden.»*

Diese Sätze bildeten sein religiöses Testament. Niemand
durchschaute sie. Sören steigerte die Dosis Lebensüberdruss
von Ausgabe zu Ausgabe. In der *Kopenhagener Post* wurde kräftig gegen ihn polemisiert, aber die einfachen Gläubigen zoll-
ten ihm Respekt.

Man grüßte ihn wieder.

Als Sören Aabye Kierkegaard die zehnte Nummer zum
Druck brachte, kam es ihm vor, als würde er sein eigenes To-
desurteil abliefern.

Seine Finger strichen über die Buchstaben, kratzten manchmal mit dem Nagel über die Druckerschwärze, als wolle er
testen, ob der Text noch frisch sei oder bereits Schimmel angesetzt habe. Dann machte er sich darüber her, verschlang
ihn wie ein köstliches Gebäck von Madame Fousanée. Heute, es war ein Sonntag, gönnte er sich das Evangelium nach
Johannes, seine Leibspeise.

Es klopfte. Sein Diener Anders meldete ihm den Besuch
seines Freundes Emil Boesen. Nur Emil durfte ihn auch beim
Essen stören. «Herein!»

«Wenn ich mich aufmache, um dich zu besuchen, dann
hole ich zunächst stets Erkundigungen ein, ob du nicht erneut die Wohnung gewechselt hast. Manchmal will es mir
scheinen, als ob du nirgends mehr heimisch werden willst.»

«Ich gebe dir darauf mein Wort. Diese Wohnung ist meine
letzte Station.»

Sören ließ einen Likör bringen, schenkte ein, sie prosteten

sich zu. Emil wirkte ausgebleicht. In seinem Gesicht wohnte eine tiefe Müdigkeit, vielleicht die Vorbotin einer künftigen Trauer. Sogar sein Lachen wirkte müde. Diese Zerbrechlichkeit passte nicht zu Emil. Sehr unvermittelt spannten sich dessen Gesichtszüge an.

«Du zeigst dich in deinen Beiträgen im *Augenblick* sehr unversöhnlich!» Emil steckte seinen rechten Arm in den Ausschnitt des Rocks und erinnerte Sören prompt an das Bild Napoleons in seiner Kinderfibel. Er hätte ihn am liebsten lange umarmt.

«Die anderen haben sich mit der Welt sehr nachdrücklich versöhnt, lieber Emil. Sie leben nicht für eine Idee, für die sie zu leben *und* zu sterben bereit wären.»

«Du magst Recht haben. Bischof Mynster war kein Märtyrer, und ein Wahrheitszeuge war er auch nicht. Und Bischof Martensen wird auch niemals ein Wahrheitszeuge werden! Ein ordentlicher Theologe, das schon.»

«Ich bewundere deine Urteilskraft!»

Emils Lächeln wirkte spröde. Sören würde es sehr gerne einfetten mit einem kleinen Bonmot, aber Emil blickte nach draußen, mied seinen Anblick.

«Vor Jahren, als der *Corsar* dich aufzog, dich einen arroganten Dämlack schimpfte, pöbelte dich die Menge an. Jetzt beklatschen sie dich, weil du die Bischöfe und Pfarrherren als Beutelschneider hinstellst. An deinen Idealen sind sie aber gar nicht interessiert, Sören. Manchmal will es mir scheinen, als ob du die Masse verachtest und sie doch dirigieren willst.»

«Ich weiß», nickte Sören. «Und trotzdem!»

«Du kannst diesen Kampf mit der mächtigen dänischen Kirche nicht gewinnen.» Emil beugte sich etwas vor. Seine

Stimme verriet die Anstrengung, als würde er einen steilen Hang hinaufrennen.

«Ich weiß», nickte Sören. «Und trotzdem!»

«Du wirst daran zerbrechen. Diesen Angriff überlebst du nicht.» Emil schien ihn zu beschwören! «Du bringst dich in Gefahr, spielst mit dem Leben.»

«Ich weiß», nickte Sören. «Und trotzdem! Ich bin zwar nicht der Herr meines Lebens, ich bin nur ein Faden, der in des Lebens Stoff hineingesponnen wird; spinnen vermag ich nicht, aber doch den Faden abzuschneiden, Emil.»

Erschöpft lehnte sich Emil zurück, ließ den Satz, der ihm aus den Schriften vertraut war, lange auf sich wirken. «Aber was soll aus mir werden, wenn du nicht mehr da bist!»

Sören schaute ihn lange an. «Wenn ich nicht mehr da bin, kannst du die Sache mit anderen weiterführen.»

Emil schüttelte den Kopf. «Ich habe nicht deine Geistesgaben. Wenn die Kraftquelle versiegt, vertrocknet auch der Boden, auf dem du gesät hast. Und Mitstreiter gibt es beinahe keine – vielleicht zehn in ganz Dänemark.»

«Aber du hast meine Bücher!»

«Das ist nur ein schwacher Trost.»

«Vielleicht ist der Trost stärker, als du glaubst. In meinen Büchern gibt es viele Wohnungen! Und vielleicht kommt nach mir jemand, der stärker ist als ich, ein Geist der Wahrheit, der dich trösten wird. Und vielleicht muss man auf diesen Tröster nicht ganz so lange warten wie auf die Wiederkunft Christi.»

Jetzt endlich lächelte Emil versonnen. Sie blieben beide eine Weile schweigend sitzen, dann stand Emil auf. Sie lagen sich kurz in den Armen.

Eine heilige Wehmut blieb im Zimmer zurück, nachdem Emil gegangen war.

Aus dem Weg.

Zwei groß gewachsene Jugendliche in der Begleitung eines älteren Herrn kamen auf dem Strög in Höhe seines Schneiders direkt auf Sören zu, schienen ihn nicht wahrzunehmen, schauten durch ihn hindurch. Im letzten Moment versuchte Sören auszuweichen; sein Stock kundschaftete bereits einen Fluchtweg aus, aber da wurde er bereits herumgeschleudert, spürte einen stechenden Schmerz in der Seite, als sei ein Speer hineingestoßen worden. Als er wieder hochschaute, erkannte er die drei Gestalten, die ungerührt sich von ihm entfernten, drei mächtige Schulterkreuze, die vom Wind vorangetrieben wurden. Sie drehten sich nicht um, kein Wort des Bedauerns war über ihre Lippen gekommen, auch der ältere Mann hatte ihn nicht beachtet oder seine Begleiter wenigstens für den rüden Rempler streng getadelt.

Sören rappelte sich auf, betastete die verletzte Rippe, warf einen ängstlichen Blick in das Schaufenster, um zu kontrollieren, ob seine Kleidung zu richten sei. Golden. Er entdeckte in der Auslage einen goldenen Knauf an einem kostbaren Spazierstock. Das Gold überstrahlte alles; er schaute jetzt auch durch sein Spiegelbild hindurch, das Gold stahl der Sonne das Licht und blendete ihn. Sören sank auf die Knie, ganz langsam, dann sackte sein Kopf nach vorn, schlug leicht gegen die Fensterscheibe. Er erschrak über einen stechenden Geruch, «Hund» war vielleicht das letzte Wort, das ihm durch den Kopf wanderte, dann explodierte sein Gehirn. Er spürte noch, wie Blut den Kopf hochstieg, als habe jemand in seinem Kopf Tausende von Blutegeln ausgesetzt. Er versuchte krampfhaft, das Blut hinunterzuwürgen, röchelte, dann brach es aus ihm heraus wie ein wütender Sturzquell. Er ließ Blut zurück; das Letzte, was er von sich gab, blieb dann bis zum Ende ganz bei sich, schloss sich ein in seinem verwunschenen Körper und warf den Schlüssel weg. Das Klirren auf dem Trottoir. Allein mit den verklebten Bildern.

Ganz still verhielt er sich, als Passanten sich über ihn beugten, als ein Mann seinen Puls suchte, als eine Kutsche herbeigerufen wurde, als man ihn einlud – ihn, den in den letzten Monaten niemand eingeladen hatte. Man brachte ihn in das Frederik-Hospital. Sein Bruder, mit dem Sören kaum noch Kontakt pflegte – dieser Schuft hatte in einem plumpen Artikel Martensen und Sören gegenübergestellt und Martensen besonnen, Sören aber ekstatisch genannt –, reiste herbei, pries ein gütiges Lächeln an, redete geduldig auf ihn ein; aber Sören schlug die Augen nicht auf, und sein Bruder verstummte. Ein Arzt erkundete seinen Körper, ortete den Schmerz, aber die Dunkelheit zerriss er nicht. Eine Krankenschwester wusch das Blut von seinen Lippen, aber die Flüssigkeit des Schwamms schmeckte nach Essig. Immer wieder zuckte Sören, als würde er sich weigern, dass sich jemand um ihn kümmere, als versuche er noch immer, alle in Schach zu halten. Als ein Pastor ein Gebet sprach, starrte Sören ihn mit Augen, die nichts sahen, an. Dann zitterte und zuckte er am ganzen Körper, stöhnte dabei laut auf, so dass der Pastor noch inniger betete, als müsse er einen Dämon austreiben. Aber Sören verstummte nicht. Nur einmal, als sich eine verschleierte Frau, die niemand erkannte, über Sören beugte, entspannte er sich; die Tunnel in seinem Innern wurden von

Licht durchflutet, die Kälte entwich aus seinem Kopf, sein ganzer Körper sammelte sich unter ihrer Hand, ließ sich segnen und heilen. Im Schutz dieser Wärme träumte Sören hinüber.

Am 11. November starb Entweder-Oder. Das Erbe seines Vaters war nahezu vollständig aufgebraucht. Sören hatte Wort gehalten. Dieser Einzelne war der Allgemeinheit nicht zur Last gefallen. Er hatte seinem außergewöhnlichen Leben ein außergewöhnliches Ende gesetzt.

Als Sören Kierkegaard zu Grabe getragen wurde, ging ein kräftiger Wind.

Im Haus der Familie Schlegel zerriss ein schwerer samtener Vorhang.

Der Himmel strahlte hellblau.

«Du siehst mich respektvoll betroffen, Sören, obwohl wir beide wissen, dass der irdische Abgang nur eine neue Logisnahme bedeutet – und dennoch!»

«Nicht einmal der lückenhafte Bruchteil einer Sekunde bleibt verschattet. Man findet nicht die Zeit, sich gegen Gott und die Welt zu empören.»

«Seien wir dankbar, weil wir sonst vielleicht zum Ende hin noch alles verderben würden.»

«*D'accord*, die himmlische Regierung hat für uns arme Erdenkinder alles hübsch eingerichtet, obwohl ich die Nachsichtigkeit, die *Der Senior*, wohl durch die irdische Erfahrung mit dem harten Schicksal seines Sohnes gemäßigt, an den Tag legt, zuweilen etwas übertrieben finde.»

«Immanuel Kant ließ neulich auf einer Sitzung wieder Ähnliches verlauten, liebster Sören; er ist und bleibt ein verknöcherter Protestant, aber diese Enge der Ansicht passt doch gar nicht zu deiner äußeren Erscheinung.»

«Wir verstehen uns. Perfekt. Erledigt. Mir geht es nicht um unbeglichene Rechnungen, aber die irdische Masse benötigt Menschen, die ihnen Wege weisen, wie sie das irdische Leben glücklich bestehen. Und wenn ich sage glücklich, dann meine ich ein wohltätiges Leben in innerer Ruhe und Ordnung. Das Gros der Masse ist verzweifelt, und viele sind still verzweifelt, weil sie nur erahnen, dass sie verzweifelt sind.»

«Aber deine frommen Satiren bieten doch wunderbare Sehhilfen. Ich habe mich übrigens in meinem Drama *Fiorenza* an deinen späten satirischen Bußrufen orientiert. Hinter der Figur Savonarola verbirgt sich der liebe Sören.»

«Du schmeichelst mir, mein Liebster, und ich höre es – schimpfe mich eitel, wenn du willst! – durchaus gerne. Mich erbost doch sehr, dass die theologische Beamtenschaft, die diese, mit deinem Worte, Sehhilfen zu verschreiben hätten, vor dem Mammon kapitulieren und die Kirche in eine Börsengesellschaft umwandeln wollen. Meine ganze Wut habe ich für eine fromme Satire zum Ostersonntag aufgespart. Ich bin gesonnen, die Sache bis zum Äußersten zu treiben.»

«Man wird dich hören, mein Bester, man wird dich hören! Ich jedenfalls kann es kaum erwarten, dieser satirischen Predigt zu lauschen.»

7. SPAZIERGANG

Die Arche schlingert! Typisch!

Gott, erbarme dich!

An sich ist es völlig gleichgültig, ob die Büros von Roland Berger oder McKinsey eine Effizienzprüfung (gibt es noch hässlichere Wörter?) der Kirche unternehmen, als frohe Botschaft ein Lean Management *(ja, es gibt noch hässlichere Wörter!) verkünden und die Pfarrer nach Managermethoden evaluieren wollen (Pisa für Pfaffen). Aber seien wir ehrlich: Der Name McKinsey passt doch entschieden besser in die McDonaldisierung der Welt.*

Man kann trefflich darüber streiten, ob Pfaffen in Samt- und Seidenroben auftreten müssen (vgl. Lukas 20, 46) – der Muff von zweitausend Jahren sammelt sich bekanntlich leicht unter den Talaren –, aber wenn sich unter den Schwarzröcken smarte Managerkerlchen mit Beraterimage verstecken, dann bin ich bereit, ein Sonderopfer für Fortbildungsreisen zu den Elendsvierteln in Kalkutta zu leisten.

Gott, erbarme dich!

Nur der unverdrossene Carl Amery zieht gegen die Reichsreligion des Kapitalismus zu Felde und macht den Teufel im neoliberalen Kostüm aus. Wenn die Kirchen sich mit dem totalen Markt gleichschalten lassen, dann droht in der Tat der global exit.

Gott, erbarme dich!

Es ist nicht ohne Ironie, dass in einer Zeit, in der Intellektuelle die religiösen Fundamente der Kultur einklagen

– vom religiös unmusikalischen Habermas über den Kriti-
ker der zynischen Vernunft, Sloterdijk, bis hin zum alt-
grünen Joschka Fischer –, dass in einer Zeit, in der die
Süddeutsche Zeitung *eine ausführliche Diskussion über*
die Modernität der Kirche führt, die Kirche selbst ihr Pro-
fil verliert. Vielleicht darf man an einen Kritiker der Amts-
kirche, Sören Kierkegaard, erinnern, der bereits vor ein-
hundertfünfzig Jahren notierte:

«Du einfacher Mensch! Ich verschweige dir nicht, dass
meiner Meinung nach die Aufgabe, ein Christ zu werden,
unendlich hoch ist, dass in keiner Zeit mehr als nur ein
paar dahin gelangen – wie es Christi eigenes Leben bezeugt,
wenn man die Zeit betrachtet, in der Er lebte, und was auch
seine Predigt besagt, wenn man sie buchstäblich nimmt.
Und dennoch ist es für alle möglich. Aber um eine Sache
bitte ich dich, beschwöre dich bei Gott im Himmel und bei
allem, was heilig ist: geh den Pfarrern aus dem Weg …» Ich
ergänze heute: «… den Pfarrern und Bischöfen, die bei
McKinsey Seminare belegt haben.»

Gott, erbarme dich!

Victor Emeritus

Die Verleihung
der Silbernen Taube

«Diese Kühnheit, Sören, so mannhaft dein Wille! Leider
nähern wir uns dem Ziel – ich könnte dir noch stundenlang
lauschen. Melde gehorsamst die Ankunft. Du darfst absit-
zen.»

«Du hast mich hinters Licht geführt, du kleiner Schlingel.
Eigentlich hättest du jetzt eine deftige Schelte verdient. Heraus mit der Sprache, was geht hier vor! Warum erstrahlt der
Saal in festlichem Glanz? Warum lächeln alle so wissend und
artig? Warum gurren selbst die Tauben so albern-friedlich
und nippen nicht vorwitzig am Nektar herum? Du bist doch
im Bilde! Begehen wir etwa die Jahrestagung des *Clubs der
falschen Propheten*? Gestehe! Oder jährt sich mein Himmels-
tag?»

«Eine kleine Überraschung wartet auf dich. Du wirst entzückt sein!»

«Auf einen Schlag wird mir einiges deutlich! Du hattest
eine hübsche Annehmlichkeit geplant, daher also zogst du
die Kraft und die Zähigkeit, mich über Umwege hierher zu
geleiten! Du hast deine Kräfte nicht geschont und mich wie
ein tapferer Christophorus durch viel Unbill zum Festpavillon getragen und mich dabei sympathisch-komödiantisch ab-
gelenkt.»

«Ich muss mich kneifen, um nicht zu lachen, wenn ich
daran denke, was jetzt passieren wird.»

«Du turnst mit meinen Gefühlen, mein Liebster, was erwartet mich?»

«Da kommt er! Des Himmels größter Kritiker persönlich hält eine kleine Ansprache zu deinen Ehren. Wir haben Friedrich zwei Minuten Redezeit eingeräumt, damit er nicht ausfallend wird. Das wirst du doch verkraften?»

«Meine Damen und Herren!

Es wird immer schlechte Schriftsteller geben müssen, denn sie entsprechen dem Geschmack der unentwickelten, unreifen Altersklassen; diese haben so gut ihr Bedürfnis wie die reiferen. Wäre das menschliche Leben länger, so würde die Zahl der reif gewordenen Individuen überwiegend oder mindestens gleich groß mit der unreifen ausfallen; so aber sterben bei weitem die meisten zu jung, das heißt, es gibt immer viel mehr unentwickelte Intellekte mit schlechtem Geschmack. Diese begehren, mit der größeren Heftigkeit der Jugend, nach Befriedigung ihres Bedürfnisses, und sie erzwingen sich schlechte Autoren. Nur manchmal sterben auch reife Autoren jung, sei es, weil die Götter eifersüchtig werden, sei es, weil sie den unreifen Altersklassen ein Ansporn sein sollen. Ein Überdichter, wie es wenige nur gab, ist heute zu ehren. Der beste Autor ist der, welcher sich schämt, Schriftsteller zu werden. Und er war zugleich der witzigste, weil er ein kaum bemerkbares Lächeln bei der Lektüre erzeugte. Ich habe die Ehre, dieses Jahr mit der Silbernen Taube für sein irdisches Gesamtwerk zu ehren: Sören Aabye Kierkegaard, ehemals Kopenhagen.»

«Geh schon.»

«Nein. Um Himmels willen. Ich kann nicht ohne ein Manuskript ans Rednerpult treten. Ich müsste extemporieren. Das übersteigt meine Kräfte.»

«Du kannst das. Geh!»

«Lieber Friedrich, verehrte Engel, meine Damen und Herren.

Sie erraten unschwer, welche Gefühle jäh in diesem Augenblick in mir aufsteigen. In meiner irdischen Existenz habe ich beinahe niemals Zuspruch erhalten, allenfalls für ein Buch, das ich eher zu den lässlichen Arbeiten rechne. Allerlei abgeschmackte und boshafte Bemerkungen machten hinter vorgehaltener Hand über meine – fürwahr anspruchsvollen – Werke die Runde, sobald ich einen Salon betrat. Die meisten meiner Bücher erbrachten, ich bin heute geneigt zu sagen: verständlicherweise, keinen Ertrag, und hartherzige und verstockte oder sagen wir: vorsichtige Verleger druckten meine Arbeiten nur auf Vorkasse hin. Umso mehr freut es mich, dass die hochehrwürdige Kommission meine kleinen Elaborate für würdig erachtet, mit einem Preis ausgezeichnet zu werden. Sie sehen mich durch Ihre Huldigung ehrlich ergriffen und eine kleine Träne der Rührung und der Genugtuung vergießen. Mir fehlen die Worte. Es ist mir eine heilige Pflicht, dass ich mich bei allen Personen, die mir in Zeiten, da die hohe Schule der Leidensfähigkeit abhanden zu kommen schien, da ich abwechselnd unwirsch und verzweifelt war, beigestanden haben. Vergessen wir nicht meinen Vater, der alle meine kleinen und großen Pläne mit ernster Sorge und starkem Vertrauen begleitet hat. Vergessen wir nicht Regine Olsen, nachmals Schlegel, deren irdische Aufgabe darin ihre Krönung fand, mich zum Schriftsteller zu entbinden. Vergessen wir nicht Emil Boesen, der in inniger

Freundschaft mich auf meinem krummen Erdenweg begleitet hat und mir manches liebe Mal, wenn die Verzweiflung zu
groß wurde, um von einem Menschen allein getragen zu werden, eine eiserne Stütze war. Verehrte Engel, meine Damen
und Herren, Sie sehen mich beschämt ob der Aufmerksamkeit, die Sie mir alle zuteil werden lassen. Ich bin und bleibe
Ihr treu ergebenster Diener.»

«Sehr geehrter Herr Preisträger. Der ausgelobte Preis besteht in einer vierzehntägigen Reise für zwei Personen ins
goldene Jerusalem, all inclusive …»

«Haben Sie Dank, mein hochverehrter und geschätzter
Friedrich, für die einfühlsame und doch so schnörkellose
Rede. Lassen Sie uns anstoßen auf viele künftige glückliche
Stunden an den Gestaden unseres himmlischen Aufenthalts.
Prosit!»

«Darf ich auch mit dir kurz anstoßen, mein lieber Sören?»

«Ich bin von dem Glück, das mir heute gewährt worden
ist, noch ganz benommen. Tak! O, mange Tak! Ich habe
hier vielfach zurückbekommen, was man mir vorher geraubt hatte. Aber eigentlich dürfte ich den Preis gar nicht an-
nehmen, weil, wie jetzt deutlich geworden sein dürfte, ich zu
Unrecht vom *Junior* dem *Club der falschen Propheten* zugeteilt
worden bin.»

«Sei großzügig, Sören! Und hast du dich bereits entschieden, mit wem du die Reise anzutreten gedenkst?»

«Ja, also …»

«Du kannst, das versteht sich von selbst, mit Regine reisen oder aber mit einem lieben Freund, der dir während deines himmlischen Aufenthalts sehr eng ans Herz gewachsen
ist.»

«Geht beides?»

«Du meinst: Sowohl als auch?»

«Ja?»

«Nein, bedaure. Entweder-Oder!»

Lebensdaten

1813 Sören Aabye Kierkegaard wird am 5. Mai als jüngstes von sieben Kindern in Kopenhagen geboren.

1830 Kierkegaard immatrikuliert sich an der Universität Kopenhagen.

1834 Tod der Mutter; Zerwürfnis mit dem Vater.

1838 Tod des Vaters.

1840 Sören legt die theologische Staatsprüfung ab, verlobt sich mit Regine Olsen.

1841 Doktorarbeit, Lösung der Verlobung, Flucht nach Berlin.

1842 6. März Rückkehr nach Kopenhagen.

1843 Zweite Berlinreise und Beginn der rastlosen Veröffentlichungen.

1846 Streit mit der satirischen Zeitschrift *Der Corsar*.

1847 Regine Olsen heiratet Fritz Schlegel.

1849 Kierkegaard sucht um eine Pfarrstelle nach, wird aber von Bischof Mynster abgewiesen.

1854 Tod des Bischofs Mynster. Streit mit der dänischen Amtskirche.

1855 Streit mit der dänischen Kirche verschärft sich. Flugschriften *Der Augenblick* erscheinen. Tod Kierkegaards am 11. November.

Hauptwerke und Pseudonyme

1. Philosophische Doktorarbeit *Über den Begriff der Ironie mit ständiger Rücksicht auf Sokrates* (1841)
2. *Entweder-Oder. Ein Lebensfragment,* hg. von Victor Eremita – darin: Das Tagebuch des Verführers (1843)
3. *Die Wiederholung* von Constantin Constantius (1843)
4. *Furcht und Zittern* von Johannes de Silentio (1843)
5. *Der Begriff Angst* von Vigilius Haufniensis (1844)
6. *Philosophische Brocken* von Johannes Climacus (1844)
7. *Stadien auf des Lebens Weg,* hg. von Hilarius Buchbinder (1845)
8. *Abschließende unwissenschaftliche Nachschrift zu den Philosophischen Brocken* von Johannes Climacus (1846)
9. *Die Krankheit zum Tode* von Anti-Climacus (1849)
10. *Einübung im Christentum* von Anti-Climacus (1850)

(Begleitet wurden die Hauptwerke häufig von einer Publikation erbaulicher Reden, die unter Kierkegaards Namen erschienen.)

Nachwort

Kierkegaard ist kein Autor für jede Jahreszeit und für jedes Lebensalter. Wenn die Bäume im November Schleier tragen, benötigt man eine gewisse mentale Stabilität, will man Kierkegaard lesen. Und wer sich in Ehefragen unschlüssig ist, sollte nicht die Schriften dieses Autors als Ratgeber wählen. Für alle anderen gilt: Kierkegaard ist *der* philosophische Tycoon der Selbsterforschung und Entschlossenheit. Wie kein anderer Philosoph verkörpert er diesen protestantischen Instinkt. Spätere Philosophen tauften den Instinkt Existentialismus. So wurde er massenwirksam und eine der schönsten philosophischen Moden des zwanzigsten Jahrhunderts: Jaspers, Sartre und Heidegger waren Kierkegaard verpflichtet. Aber nicht nur die Existentialisten im weitesten Sinne, sondern auch die Dialogiker Buber und Levinas und der Frankfurter-Schüler Adorno verdanken ihm viel. Sloterdijk und Habermas stellen Kierkegaard neuerdings wieder auf einen Sockel. In der Theologie lässt sich der Einfluss kaum überschätzen. Vor allem Barth, Brunner und Gogarten, die Vertreter der so genannten Dialektischen Theologie, hielten ihn für einen Geistesverwandten, allerdings sehr zu Unrecht, weil sie Kierkegaards positive Deutung der Religiosität des Menschen unterschlugen und das glückliche Gleichgewicht von Humor und Ernst ruinierten.

Aufgereiht auf meinem Schreibtisch verströmen die schwarzen, mit goldenen Lettern bedruckten Bände der deutschen Kierkegaard-Ausgabe, die von Ferne an Grabsteine erinnern, eine zwiespältige Atmosphäre. Man muss sich mindestens einmal am Tag an Kierkegaard erinnern. Als mir eine tiefe Verwandtschaft zwischen Kierkegaard und Hamann, einem der Helden meines Kant-Romans *Das Ding an sich* aufging, stand mein Plan fest, Kierkegaards Leben zu erzählen. Meine Lektorin, Frau Claudia Vidoni, hat den Plan diskussionsfreudig und energisch begleitet und mir einige überdrehte Passagen ausgeredet.

Wer Kierkegaard liebt, liebt auch die Maskeraden. Entsprechend frei bin ich mit seiner Biographie umgegangen. Kierkegaard war bekanntlich auch kein Beamter in Lebensfragen. Die auftretenden Personen sind nahezu alle historisch. Jüngst ist von Joakim Garff eine äußerst solide, bisher leider nur auf Dänisch zugängliche Biographie erschienen: SAK. Søren Aabye Kierkegaard. *En Biografi*, København 2001. Ausgezeichnete Einführungen in die Philosophie Kierkegaards bieten Annemarie Pieper, *Søren Kierkegaard*, München 2000; Konrad Paul Liessmann, *Søren Kierkegaard zur Einführung*, Hamburg 1999. Die Festrede Nietzsches am Ende des Romans verwendet Passagen aus *Menschliches, Allzumenschliches*, Nr. 201 f.: *Schlechte Schriftsteller nothwendig*. Die sehr wenigen wörtlichen Zitate aus Briefstellen, Kritiken und Aphorismen habe ich der gängigen Kierkegaard-Ausgabe entnommen. Thomas-Mann-Kenner werden die eingestreuten Anspielungen aus den Werken leicht identifizieren. Über Peder Ludvig Möller gibt es im Luchterhand Verlag von Henrik Stangerup einen hübschen Roman: *Es ist schwer in Dieppe zu sterben*.

Die Novelle *Tonio Kröger* von Thomas Mann war Klassenlektüre im 11. Schuljahr. Ich hatte das Glück, auf einen Lehrer zu treffen, der, für einige Jahre nach Deutschland zurückgekehrt, uns Schülern seine überdauerte Begeisterung für die deutsche Literatur vermittelte. Ich habe Professor Adam, der seit etlichen Jahren wieder in Kanada lebt, sehr viel zu verdanken.

Mein erstes Seminar über Kierkegaard habe ich zusammen mit Walter Dietz veranstaltet. Wir hatten in dem damals sehr heißen Münchner Sommer extrem viel Spaß. Mit dem ästhetischen Stadium fängt schließlich alles an.

Walter Dietz und Gottfried Adam ist dieser Roman gewidmet.